최기우 희곡집 5

이름을 부르는 시간

최기우 희곡집 5

이름을 부르는 시간

평민사

— 벼리 —

책머리

　한 사람이 살아온 삶의 궤적은 결코 개인만의 것이 아니다. 그의 삶을 수놓은 갖가지 풍경에는 그가 속한 지역의 역사와 문화와 사회가 담겨 있다. 사람은 가도 정신은 남는다. 반듯하고 당당한 이들의 삶은 후세대의 든든한 버팀목이다. 결결이 새겨 놓은 위로이자 가슴 벅찬 자랑이다.

　다섯 번째 희곡집에는 우리가 반드시 알아야 하는 역사적 사건과 그 속에서 고귀한 삶으로 우리에게 긍지를 갖게 한 선인들의 자취를 담았다.

　「들꽃상여」에는 신분 차별 없는 세상을 위해 싸우다가 이름도 남기지 못하고 스러져 간 동학농민혁명의 넋들이 있다. 자신의 집을 자치 행정기관인 집강소로 내놓은 김제 원평의 동록개와 여성장군 이소사, 소년장사 이복룡, 판소리창우부대의 또랑광대 소리쇠 등이다.

　「거두리로다」는 기인으로 알려진 걸인 성자 이보한(1872~1931)과 그가 주도한 전주의 3·1운동을, 「1927 옥구 사람들」은 군산·옥구의 열혈 청년 장태성(1909~1987)과 일제강점기 우리 농민의 대표적인 저항운동으로 꼽히는 옥구농민항일항쟁을 다뤘다.

시조 시인 가람 이병기(1891~1968)의 생가를 배경으로 한 「수우재에서」는 『조선어 큰사전』 편찬 작업을 하던 조선어학회를 항일 독립운동 단체로 몰아 관계자들을 체포·투옥했던 조선어학회사건이 소재다. 「아! 다시 살아…」는 5·18민주화운동의 첫 번째 희생자인 전북대학교 학생 이세종(1959~1980)과 1980년 5월 17일·18일 전주의 처절한 밤을 담았다.

우리 민족의 상처이고 옹이였던 이 사건들은 숱한 이들의 한숨과 눈물, 흐느낌과 절규, 피와 목숨을 내어준 덕에 자랑스러운 역사로 아물었지만, 온몸을 던졌던 사람들은 온갖 풍상 속에서 조금씩 사라졌고 잊혔다. 이름은 기록돼 있어도 서너 줄의 똑같은 약력으로 남은 사람들, 이름도 불리지 않고 기억되지도 않는 사람들, 이름도 짐작할 수 없이 허공 속에서 맴도는 사람들…. 우리 역사는 이름마저 잊힌 사람들이 끌어온 상처의 결과다.

희곡집에 실린 작품들의 첫 문장은 어렵고 막막하고 심란한 과정을 거쳤다. 사건마다 상징적인 인물을 앞세우고, 그 인물의 흔적을 살펴 사람과 사건과 시대를 효율적으로 드러낼 방법을 찾고자 했다. 좀 더 집요한 기억과 꼼꼼한 기록과 신랄한 탐구로 실체를 드러내 확고한 역사를 전하고 싶었다. 그러나 한계는 분명했다. 더 많이 전하고 싶은 것은 사건 안팎에서 잊힌 사람들, 지금이라도 이름을 불러야 할 사람들이었다. 그들의 이름을 바르게 부르기 위해 희미하고 어렴풋한 행적을 좇았고, 넘치지 않는 범위에서 상상했다.

흐릿하더라도 그들의 뜻이 명쾌했던 것을 안다면 지금이라도 우리는 그들의 이름을 찾아 크게 외쳐야 한다. 이름을 부를 때 마음이 닿는다. 죽창을 쥔 동학농민군의 억센 주먹을 내 손으로 감쌀

때, 3·1만세운동에 선 이들과 두 손 번쩍 들고 외침을 함께할 때, 죄 없이 잡혀간 동무를 구하기 위해 달려 나가는 옥구 소작농들과 걸음을 맞출 때, 우리말과 우리글의 가치를 지키기 위해 고초를 당한 학자들의 상처를 닦아줄 때, 대한민국의 자유와 민주와 평화를 외치며 쓰러진 이들의 어깨를 겯고 함께 일어설 때, 두렵지만 기필코 나서야만 했을 이들의 절박함에 공감하게 된다. 하염없이 첩첩했을 그들의 이름을 부를 때 막막함 속에서도 당당했을 그들의 눈빛을 마주할 수 있다. 지금, 우리가 소리 내 부르지 않으면 아무도 기억하지 않는다.

희곡으로 소개하는 인물들과 그분들이 풀어놓은 지혜를 살피고 마음을 나누는 일에, 우리의 자부심이 된 역사를 알리는 일에 작은 보탬이 되길 바란다.

희곡의 힘과 독자의 혜안, 연극의 생동감 있는 재현의 힘과 관객의 열렬한 호응을 믿는다.

2023년 가을, 전주 완산동에서

극작가 최기우

들꽃상여

동록개와 동학농민혁명

「들꽃상여」를 읽기 전에

• **백성이 주인 되는 세상, 동학농민혁명**

밥이 평등할 때 세상도 평등하다. 권리와 의무와 자격의 차별 없이 골고루 나눠 담아야 세상 살맛이 난다. 어린아이도, 여자도, 농민도, 상민도, 노비도, 백정도 모두 하늘님으로 대접하라. 풀 한 포기, 나무 한 그루, 벌레 한 마리 모두 하늘님이니…, 하늘과 사람과 만물을 두루 공경하라, 사무치게 외치던 동학농민군의 심정이 사인여천이며, 이 땅 사람들이 오랜 세월 가슴 저미게 빌던 미륵사상이다. '동학의 꿈 대동 세상, 밥으로 이루소서.' 한 그릇의 밥을 공평하게 나누는 세상을 위한 아낙네의 비손. 낮은 자리에 있던 사람들이 살맛 나는 세상을 위해 부르짖은 가치는 외침과 저항으로, 개혁으로 나타났다.

동학농민혁명은 백성이 주인 되는 세상을 위해 분연히 일어섰다가 찬란히 부서져 내린 이들의 염원을 품고 있다. 험난한 시대, 나라다운 나라를 만들기 위해 나라 너머의 나라를 꿈꾼 혁명군이 우리에게 전해준 차고 시린 꿈이다.

왕조시대의 모순을 타파하고 만민평등의 시민 정신을 추구한 동학농민혁명은 민중의 자각에 의한 최초의 전국적인 농민항쟁이며, 근세사 최대의 개혁운동이다. 특히, 전주성전투 이후 전라도 일대에 설치된 집강소는 풀뿌리민주주의의 주춧돌을 놓은 것으로 평가된다. 집강소는 한시적이지만 농민의 계급적 입장을 대표하는 지방자치기구였다. 무기관리와 치안유지를 담당했고 합법적인 폐정개혁 활동을 벌였으며, 지역에 따라서는 독자적으로 부정한 지방관리와 지주들에 대한 투쟁과 양반을 대상으로 한 신분 해방투쟁을 지속해서 벌이기도 했다.

동학농민혁명은 전북에서 시작돼 전국으로 번진 한민족 모두의 혁명사이지만, 오랜 세월 제대로 조명받지 못했다. 혁명 발생 110년 만인 2004년 '동학농민혁명 참여자 등의 명예회복에 관한 특별법'이 제정되면서 국가 차원의 신원(伸寃)이 이뤄졌고, 비로소 혁명 참여자와 유족들의 명예가 회복될 수 있었다. 동학농민혁명이 전국적으로 확산된 데에는 선조들의 자발적인 의기가 통했기 때문이다. 동학농민혁명의 장장(章章)한 기운은 계속 이어졌다. 그 처절한 부르짖음은 현대에도 이어져 4·19혁명과 5·18민주화운동, 87년 6월항쟁, 촛불집회로 계속됐다.

• 「들꽃상여」에 실은 꿈

동학의 현장에 있던 이들이 알게 모르게 꿈꾸던 세상은 사람들과 같이 사람답게 사는 것. 지금까지 사람대접을 못 받았으니 이제라도 새 세상을 만들어 사람들과 더불어 사람답게 살고 싶었을 것이다. 희곡 「들꽃상여」에 그들의 꿈을 담았다.

극은 극 중 극 형태이다. 극단 〈까치동〉 단원들이 한두 줄의 비슷한 행적만 남기고 산화한 동학농민혁명 참가자들의 곡절과 곡절을 떠올리며 자신의 삶을 돌아보고, 세상에 당당하게 맞설 것을 다짐하며 무명 농민군의 넋을 위로하는 꽃상여를 띄운다는 내용이다.

단원들은 동학농민혁명, 전주, 집강소를 소재로 연극을 준비한다. 전봉준과 홍계훈, 전주성전투와 전주화약을 두고 옥신각신하며 작품을 만들어 간다. 단원들은 작품성과 대중성, 예술성과 상업성 두 영역에서 고민이 많다. 익숙한 작품과 낯선 작품의 경계에서 갈등하며 대립을 거듭하다 타협과 협력의 길을 택한다.

단원들은 "이름 모를 동학농민군 지도자의 유골이 2019년 125년 만에 전주에 안치된다."라는 기사를 보고 '이름 모를 동학농민군'에 깊은 관심을 둔다. 지금껏 '동학은 전봉준'으로만 알던 단원들은 이름과 한두 줄의 행적만 남은 수많은 사람과 그들의 사연을 탐구하며 혁명의 역사에 관심을 갖는다. 1894년 봄, 포성 가득한 전주에 있던 사람들. 자신의 집을 집강소로 내준 백정 동록개·언년이 부부와 전주성전투에서 숨진 열네 살 소년장사 이복룡, 사람들과 어울려 놀기를 즐기는 또랑광대 소리쇠·무장댁 부부, 그리고 이름도 없이 산화한 수많은 개똥이와 언년이다. 특히, 이복룡은 동록개·언년이 부부를 만나면서 사람의 귀함과 존중을 알게 되고, 자신의 목숨을 희생해 동료들을 구하고 죽으며 '소년장수'의 칭호를 얻는다. 백정의 신분을 자식들에게 물려주고 싶지 않은 동록개·언년이 부부는 고향인 김제 원평의 집강소를 위해 자신의 집을 내놓는다.

단원들은 혁명에 참여한 민초들의 삶과 지금의 대한민국과 청년들이 처한 현실을 비교해 가며 조금씩 성장해 간다. 전주 완산공원 '녹두관'에 유골을 영구 안장하는 날, 단원들은 이름 없이 산화한 동학농민군을 위해 들꽃상여를 만든다. 화약을 체결하고 집강소를 설치해 민·관 협치 혁명의 꿈을 실현해 나간 혁명군의 자취를 따라 꽃상여 행렬을 잇는다.

「들꽃상여」는 2021년 4월 8일 한국소리문화의전당 명인홀에서 초연됐다. 제작 극단 까치동, 연출 정경선, 기획 정성구, 배우 김신애·신유철·오민혁·이우송·이중오·정준모·조민지·하형래가 참여했다.

㈔한국극작가협회의 '2021 한국희곡명작선'에 선정돼 2021년 11월 소책자 형태로 출간됐으며, 전주문화재단이 공모한 '미디어북 콘텐츠 제작지원 사업'에 선정돼 2022년 1월 오디오북으로 제작, 국내 유명 오디오북플랫폼을 통해 선보였다. 그해 문화체육관광부가 주최하고 한국출판문화산업진흥원이 주최하는 제9회 대한민국 전자출판대상에서 우수상을 받았다.

• **때·곳**

2019년 늦은 봄날, 전주 극단 〈까치동〉 연습실

• **등장인물**

김문단(김서방), 도광수(동록개), 박순정(언년이), 소민철
(소리쇠), 이목련(이복룡), 전기준(전봉준), 최미영(연출),
홍아영(무장댁)

• **무대**

중앙은 주 이야기가 진행되는 공간으로 극단 연습실, 동학
군 놀이마당, 전주성, 완산칠봉 등으로 쓰이지만, 특별한 배
경과 장치는 없다. 한쪽에 인형극 무대가 있다.

• **구성**

1막 〈장군 전봉준〉
2막 〈백정 동록개〉
3막 〈농민군 찾기〉
4막 〈또랑광대 소리쇠〉
5막 〈여자 이소사〉
6막 〈여자 언년〉
7막 〈씨름꾼 이복룡〉
8막 〈들꽃의 넋〉

1막 〈장군 전봉준〉

- 장엄한 음악이 낮게 흐른다. 멀리서 들리는 북소리, 점점 커지고.
- 어둠 속에 복장과 분장을 다르게 한 네 명의 전봉준. 차례로 불이 켜진다.

소민철　(전봉준1, 봉기를 독려하며) 우리가 의를 들어 여기에 이른 것은 창생(蒼生)을 도탄(塗炭)에서 건지고 국가를 반석에 두고자 함이다. 안으로는 탐학한 관리의 머리를 베고, 밖으로는 횡포한 강적의 무리를 내쫓고자 함이다.

전기준　(전봉준2, 전투에 나서기 전) 임진년에도 나라의 주인이라 외쳤던 왕과 신하는 도망쳤지만, 이순신 장군과 전라도 백성은 목숨을 걸고 전장에 나섰다. 칼을 들어라, 낫을 들어라, 쇠스랑을 들어라!

김문단　(전봉준3, 포승줄에 묶인 채) 모든 사람을 하늘로 모시는 세상을 만들겠다는 것이 무엇이 잘못인가? 경복궁을 무단으로 점령하고 국정을 농단하는 왜놈들을 몰아내려 한 것이 무엇이 잘못인가?

도광수　(전봉준4, 죽음을 앞두고) 죽는 것은 억울하지 않으나 역적이라 칭함이 가당치 않다! 백성의 고혈을 짜내는 탐관오리를 징벌하여 그릇된 정치를 바로잡겠다는 것이 오직 우리의 일이었다.

소민철·전기준 (전봉준1·2) 우리는 백성의 생명을 보호하는 일에 무능한 이 나라,

김문단·도광수 (전봉준3·4) 백성을 버린 이 나라의 자존을 위해 싸울 것이다.

다같이 (전봉준1·2·3·4) 우리는 협박과 회유에 굴하지 않을 것이며, 당당히 죽음의 길을 택할 것이다. (동작을 멈춘다)

• 배경음악이 TV 뉴스(전주문화방송 2019년 5월 28일)와 섞여 오류가 난다.

(E·뉴스) 동학농민군의 유골을 전주에 안장하려던 계획이 불투명…. 전주지방법원 민사 재판부는 농민군 유골에 대한… 가처분 신청을….

• 배우들이 멈춘 동작에서 버티지 못하고 넘어진다. 키득거리는 웃음소리.

최미영 불 켜!

• 불이 켜지면 소민철·전기준·김문단·도광수가 있고, 한쪽에 대본을 든 최미영·이목련이 있다.

최미영 애들아, 운동 좀 하자. 몸이 너무 굳었어.

도광수 동학은 역시 봉준이 성이지. 확 살잖아. 안 그래?

소민철 난 맘에 안 들어. 언제까지 전봉준이야?

도광수 보편성! 관객들이 전봉준만 아는데 어떡해? 폼도 나고. (최미영 보고) 연출, 어때? 나 괜찮았지?

전기준 애쓰지 마요. 다들 안 어울리잖아. (으스대며) 안녕하세요. 주님니다. 한 번 주니는 영원한 주님니다. (연출 보며) 안 그래요?

최미영 나도 모르겠다. 막내야, 네 느낌은 어땠어?

이목련 멋있어요. 근데 재미없어요.

최미영 찾아보면 뭔가 있을 것 같은데….

소민철 처음부터 잘못된 거 아니에요? 그때 술자리에선 농민군을 주인공으로 한다고 했잖아요. 집강소도 넣고.

최미영 그러게. 그랬지. 그랬던가? 그랬지. 그런데 아는 게 없어.

도광수 고민하지 마라. 전봉준이 옳다. 관객은 전혀 모르는 것보다 조금 아는 척할 수 있는 이야길 좋아해.

소민철 전봉준은 많이 했잖아요.

도광수 그럼 뭐 해. 기억나는 공연 있어?

전기준 (나서며) 내가 전봉준으로 나왔던 〈새야 새야 파랑새야〉.

소민철 거봐요. 맨날 새야 새야 파랑새야….

도광수 그게 동학이니까. 잘 만들어서 비싸게 팔자! (다들 관심이 없자) 공연 열심히 해서 우리도 소고기 먹자!

전기준·김문단 소고기? 소고기! 소고기!

최미영 그래도 아쉬워. 새로운 이야기 없을까? 동학 참여자가 수십만 명인데, 알려진 사람은 극히 적어. 농민군에 이런 사람, 저런 사람이 있었다, 알려주면 좋을 텐데.

도광수 배틀이라도 할까? 동학농민군 구구절절 스토리텔링 연극제?

최미영 소재를 넓히자는 거야. 아는 게 없어서 부끄럽기도 하고.

도광수 작품 바꿀 거야? 나랑 기준이랑 밤을 꼴딱 새워 가면서…, (화를 내며) 니들이 동학을 알아? 동학에 전봉준, 김개남, 손화중, 김덕명, 최경선 5대 장군 말고 누가 또 있어?

· 박순정이 신문을 들고 들어온다.

박순정 우리 작품 잘될랑갑다. 시작부터 화끈하게 싸우네.

다같이 선배님 나오셨어요?

박순정 그니까, 멀쩡한 작가를 두고 왜 고생이야? 진료는 의사에게, 약은 약사에게, 희곡은 최기우에게! 몰라?

다같이 비싸요!

박순정 오케이. 노코멘트.

최미영 혁명의 주체는 농민인데, 그 사람들 이름이나 행적은 찾기 힘들어요.

박순정 역사의 모순이지. 역사는 기록으로 기억을 새기는 일이지만, 빠지거나 빠트린 사실들, 기록되지 않은 기억은 결국 사라지고 마니까. 이거 볼래?

· 박순정이 기사를 보여주고, 소민철에게 신문을 준다.

소민철 제가 읽겠습니다. '녹두관에 안치될 유골은 동학농민혁명 당시 일본군에 처형된 무명의 농민군 지도자 머리뼈다. 1906년 한 일본인이 인종학 연구를 위해 일본으로 옮긴

'것이다.'

다같이 유골? (몰려들어 신문 기사를 본다)

도광수 무시무시한데?

최미영 (기사를 살피고) 이름 모를 동학농민군 유골이 125년 만에 전주에 안치된다…. 안장식? …. 우리도 하자! 전주와 관계된 농민군, 유골도, 이름도, 흔적도 없는 농민군을 찾아서 작품 만들자.

소민철 농민군 찾기? 좋아요.

이목련 오! 멋있어요. 발굴의 의미도 있고, 추모도 하고.

최미영 추모? 그럼 상여도 떠울까?

다같이 상여?

최미영 상여. …. 오늘은 여기서 마무리. 각자 집에 가서 더 찾아보고 고민하자.

도광수 지금 대본 좋은데, 그냥 하자. 내가 전봉준. (다들 노려보면) 그래, 찾아보자! 고민하자! 열심히! 우선 밥부터 먹자!

• 소민철·도광수·김문단·박순정·최미영 나간다. 전기준이 이목련을 붙잡는다.

전기준 나 좀 도와줘.

이목련 제가 무슨 힘이 있다고…. 아니에요. 말이나 해봐요.

전기준 원래 이 작품 마무리로 생각한 내용이 있거든…. 전주 하면 집강소, 집강소 하면 동록개잖아. 알지?

이목련 동록개? 그게 뭐예요?

전기준 몰라? 정말 몰라? 원평 가면 있어. 집강소의 유일한 실체!

자기 집을 집강소로 쓰라고 줬대.

이목련 공짜? 우와! 집이 서너 채 됐나? 아니면 마누라가 한말(韓末)의 복부인?

전기준 그건 모르지.

이목련 부부 싸움은 했겠죠?

전기준 당연하지.

이목련 근데 동록개는 왜요?

전기준 회의할 때 도와줘. 동학에서 젤 중요한 게 동록갠데, 아무래도 농민군에 초점을 맞추면 빠질 것 같아서.

이목련 농민군은 아니었어요?

전기준 그것도 모르지. …. 농민군을 했으면 아무 문제 없는데… 농민군을 했을까, 안 했을까?

이목련 집을 통째로 내놨으면 뭔 사건이 있겠죠? 농민군 하면서….

전기준 (뭔가 생각났다는 듯 표정이 밝아진다) 넌 천재야!

이목련 근데 맨입으로?

전기준 열악한 연극배우의 주머니를 강탈하려느냐? 이런 조병갑 같은 놈!

• 이목련이 도망가고 전기준이 쫓아가면서 암전.

2막 〈백정 동록개〉

• 활기찬 음악.

최미영 (나오며) 다들 준비됐지? 동록개 장면이야. 전주성전투 끝나고 집강소 일을 도우러 고향 가는 동록개. 동록개는 도광수, 김서방은 김문단, 언년이는 박순정. 지게에 큰 짐을 진 동록개가 나온다. (살피고) 뭐 해, 안 나오고. (들어간다)

• 동록개(도광수)가 지게에 짐을 지고 급하게 나온다.

동록개 (손으로 코를 풀어 길가에 던지다가, 관객 한 사람을 붙잡고) 그짝은 전주 산다고 혔지요? 나는 고향 가오. 뭐, 반나절만 싸게 걸어가믄 되는디. 장군님이 고향 가서 집강소 일을 도우랑게….

• 낡은 갓을 쓴 김서방(김문단)이 팔자걸음으로 나온다.

동록개 (반갑게) 얼굴도 못 보고 가는 줄 알았소.
김서방 (모른 척 피해 가려다 돌아와서) 나에게 한 말이냐?
동록개 왜 그러시오?

김서방   허, 참나! 말세로다, 말세야. 아무리 동학 세상이 됐다고 해
         도 천한 쌍것이 귀한 양반님에게….

동록개   동학은 신분이 없고… 우린 같은 편이라고…. (김서방의 소매
         를 잡으며)

김서방   (동록개의 손을 내치며) 더러운 백정이 어딜 잡느냐? (소매를 털
         다가 아예 그 부분을 찢는다) 네 이놈! 강상죄(綱常罪)를 모르느
         냐? 네놈이 치도곤을 당해야….

동록개   (엎드리며) 잘못했습니다요. 한 번만 용서해 주십시오.

김서방   (발로 차고) 운 좋은 줄 알아라.

    • 김서방이 나간다. 동록개가 멍하니 보다가 주저앉는다.

동록개   세상 변한 거 아니었어? 백정은 언제까지나 백정인 거여?
         …. 그려. 하루아침에 변할 일 없제. 양반이고, 부자고, 몽땅
         헛되고 헛된 것이여. 이 썩을 놈의 세상이 확 바뀌들 안 허
         믄….

    • 아이를 업고 머리에 보따리를 인 언년이(박순정)가 들어온다.

언년이   해찰허다 해 지긋소. 꾸물거리들 말고 후딱 갑시다.

    • 동록개와 언년이가 걷는다. 동록개는 뭔가 골똘히 생각하는 것이
      있다.

언년이   긍게… 집강소가 뭐여?

동록개	누구나 다 똑같은 곳이랴. 상전도 읎고 양반님네도 읎고.
언년이	우리 같은 백정만 모여 산대?
동록개	아니. 다 있긴 허제.
언년이	그믄 뭣이 똑같어? 높은 사람은 낮아지고, 낮은 사람은 높아진다는 겨?
동록개	양반, 평민, 백정, 이런 신분이 아예 읎다니까.
언년이	읎다고? 생각만 혀도 재미지네. 그믄 너나 나나 모다, 야, 야, 김씨야, 좀 씻고 댕기라, 목구녁서부텀 때꾸장물이 좔좔 흐른다, 그리도 되긋네?
동록개	(멈춰서) 당신은 참말로 생각이 못 쓰것네. 왜 야, 야, 헐 생각부텀 혀? 우리 님, 귀헌 님 험선 먼저 인사하고 위해줄 생각은 안 허고.
언년이	그놈의 인사는 양반님네 똥지게 똥가래만 봐도 히싸서 더 이상 못 허것는디.
동록개	그믄 맞절이라도 히야지. 진지는 자셨습니까요? 밥은 꼭꼭 씹어 드시오. 하루 밥 한 끼만 먹어도 만병통치 만사형통인게요.
언년이	고놈의 밥은 빠지들 않소.
동록개	천지간으 젤로 좋은 것이 밥 아닌가. … 임자. 내가 맘먹은 것이 있는디, 들어볼 겨?
언년이	(빤히 보다가) 안 듣는 것이 좋을 것 같은디. 당신 말 들으믄 뭔가 크게 손해 볼 것 같은 느낌이 확 오는고만.
동록개	임자, 장군님이 큰일 허도록 우리가 힘을 보태는 것은 어뗘?
언년이	우리가 뭣이라고 힘을 보태?

동록개 아무것도 아닌게 힘을 보태제, 있는 놈이믄 허긋어? 움켜
쥐고 오므리고 숨키고 감추고 그러것제. 세상 존 일은 우
리같이 없는 사람이, 모지랜 사람이 허는 거여.

• 동록개가 언년이에게 귓속말을 한다.

언년이 (화를 내며) 미쳤구만, 미쳤어. 모처럼 뜨신 밥 멕이났더니 왜
헛소리여. (나간다)
동록개 (큰 소리로) 나는 맘먹었구만. 장군님 오시믄 말씀드릴 것잉
만. …. 우리가 갖고 있어도 우리 것이 아녀. 암만.
언년이 (들어온다) 가다가 생각헝게 더 화가 난만. 거그가 당신 혼자
사는 디여? 누구 맴대로 주고 말고를 혀. (가려다가 돌아서서)
집이 들어올 생각 말어.
동록개 임자랑 나랑 첨으로 사람대접 받은 거 아녀. 임자, 임자! 같
이 가.

• 언년이가 씩씩거리면서 나간다. 동록개가 따라 나간다.
• 전봉준(전기준)이 들어온다. 한가운데 무릎을 꿇고 앉는다. 최미영의
말에 따라 오른쪽 끝으로 가고, 한쪽 무릎 꿇고 앉는다.

최미영 (들어오며) 좋아! 다음은 전봉준의 고뇌. 전기준, 가운데 말
고 오른쪽 끝으로 가. 무릎은 한쪽만. 하늘님이시여….
전봉준 하늘님이시여, 굽어살피소서. 죽음과의 고투와 고투 끝에
집강소를 열었으나, 임금은 결국 백성을 외면했고, 일본과
청의 군대를 불러 백성을 짓누르고 있습니다. 비바람 순조

로워 배부르고 등 따스워 곳곳마다 태평성세 노래하는 세상은 언제나 오겠습니까. 굽어살피소서. (최미영의 눈치를 보다가 들어간다)

최미영 전봉준 쪽 조명 어두워지고, 인형극 쪽 밝아진다. 함성이나 구호는 다 같이 해줘. 자, 다 같이.

• 인형극 무대 밝아진다. 홍아영과 이목련이 농민군 인형을 들고 있다.

다같이 협화합시다! 협력하고 화합하는 협화합시다!

(농민군1) 아따, 아따, 아따! 이런 시상이 올 줄 어찌 알았는가? 시상에 세금을 내지 말라니….

(농민군2) 그뿐이여? 저그 삼천 건너 추동마을, 학동마을은 고리채를 몽땅 탕감해 줬대. 돼지 잡아 순대 맨들고, 남정네들 씨름허고, 기 세워 돌리고. 꼭 백중날 같드라니까.

다같이 노비 문서를 불태워라! 토지 문서를 불태워라!

최미영 너무 짧지? 좀 더 생각해서 보완하자. 다음은 소리쇠가 김서방을 끌고 들어온다. 소리쇠는 소민철, 김서방은 김문단.

• 소리쇠(소민철)가 포승줄에 묶인 김서방(김문단)을 끌고 들어온다.

소리쇠 비키시오, 절루 비키시오. 아조아조 흉악헌 놈 납시오. 왜놈, 되놈, 오랑캐, 양놈 같은 놈 납시오.

• 전기준(전봉준)이 들어온다. 동록개와 언년이가 따라 들어온다.

소리쇠	장군님 어디 다녀오십니까?
전봉준	지난 4월 선전관 이주호와 군관들을 원평에서 참수하지 않았소. 그들의 목숨도 귀하고 귀한 것이니, 술 한잔 뿌려 주고 오는 길이오.
소리쇠	그들의 죽음도 헛되지는 않았습니다. 그날 이후 동학군에 들어온 사람도 늘었고, 군의 결기도 더 굳건해지지 않았습니까.
전봉준	그리 생각하면 참 고맙고 다행이지. 헌데 이자는 왜?
소리쇠	이놈이 뭔 일 낼 줄 알았다니까요. 아주 왜놈, 되놈, 양놈 같은 놈입니다.
김서방	아무리 그래도 왜놈, 되놈, 양놈은 좀 심하지 않느냐?
소리쇠	넘의 땅 뺏고, 넘의 쌀 약탈허고, 넘의 아낙 희롱하고, 무지막지, 안하무인, 무지몽매, 사리사욕, 가렴주구, 주지육림만 좇는 놈이라, 왜놈, 되놈, 양놈이라 했는데 내 말이 틀렸소?
전봉준	집강이라는 이름하에 사사로운 원한을 풀어서야 쓰것는가? 집강은 권력이 아닐세. 관과 민이 서로 고르게 어울리는 협화가 우리의 일이네.
다같이	협화합시다! 협화합시다!
김서방	나는 잘못한 것이 없는데, 이놈들이 또 매급시 그러는구나.
전봉준	우리가 폐정 안으로 신분 철폐를 결의했거늘 그대는 어찌 힘없고 갖지 못한 이들을 업신여긴단 말이오?
김서방	세상이 아무리 달라졌다 해도 백정과 겸상은 못 하겠더이다.
전봉준	사람은 모두 귀하고, 지극하고 거룩하오. 나도, 그대도, 양반도, 백정도.

김서방   나도 전 장군을 위해 용맹하게 싸웠소. 그런데 나에게 왜 이러시오.

전봉준   나를 위해 싸웠다고? 우리는 누구를 위해 대신 싸우지 않았소.

소리쇠   상종 못 헐 놈이구만. 너 같은 놈은 동학 세상에 필요 없다.

   • 소리쇠가 김서방을 밖으로 내친다.
   • 동록개와 언년이가 전봉준 앞으로 나온다.

동록개   장군님, 장군님.

전봉준   오랜만이오, 동지. 얼마나 애쓰고 있소.

동록개   장군님 덕분으로 집강소 일을 돕는디, 집강소가 너무 좁고 작고 불편하기 이를 데 없습니다.

소리쇠   그걸 어쩌라고. 집이라도 한 채 사 달라고?

동록개   그게 아니라… 지가 동학군이었어도, 동학 교리는 본 적도 들은 적도 없고….

전봉준   주저 말고 말하시게.

동록개   동학 세상이 오믄 백정도 노비도 아전님도 육방님도 없다고 허셨는디….

언년이   그게 참말입니까요?

전봉준   그것을 참으로 만드는 것도, 거짓으로 만드는 것도 모두 우리의 몫이오. 우리가 집강소를 바로 세워 거침없이 개혁안을 추진한다면….

동록개   제 집을 농민군 도소(都所)로 써 주십시오. 지발 덕분으로다가 신분 차별 없는 세상을 만들어 주십시오.

전봉준　고맙고 감격스러운 말이오. 허지만 그럴 순 없소. 집은 부부의 재산인데, 아내의 말도 들어야 하지 않는가?

언년이　장군님, 지도 맴이 같아졌구만요. 노비 문서 태우는 것도 봤고, 우릴 업신여기던 양반님네가 혼쭐나는 것도 봤고, 첨으로 사람대접 받아봤다는 이 사람 말도 뭔 말인가 인자 알았고요. 우리 집부터 차별 없는 세상이 된다믄 참말로 원이 없것습니다.

동록개　임자, 고맙구만. 나는 눈을 뜨나 감으나 언년이 생각만 혀. 나중에 나중에 이 집보다 훨씬 고운 집 만들어 줄게.

전봉준　부부의 마음이 그렇다면 기꺼이 받겠네. 그대 이름이 무엇인가?

동록개　천헌 놈헌티 이름이랄 것이…. 동네서 개 잘 잡는다고 동록개라고….

전봉준　동록개? …. 그렇다면 같을 '동' 자와 기록할 '록' 자를 넣어서 동록이라고 쓰세.

동록개　같을 동이요? 집강소서 봉게, 누구나 똑같은 사램이라는 말은 참 듣기 좋드만요. 백정 놈도 양반님네도 다 같은 사람이라고요. 같을 동, 같을 동!

전봉준　동록이란 그대 이름은 역사에 기록돼 후세의 귀감이 될 것이야.

• 전봉준이 동록개와 언년이의 손을 잡고 앞으로 나온다.

전봉준　들어라! 우리 모두는 동록개다. 사람 사이에 높고 낮음이 없는 세상. 동록개의 꿈은 우리가 함께 꾸는 꿈이다. 동록개의 꿈은 우리가 함께 이뤄가야 할 조선의 꿈이다.

• 모두 함성을 지르면서 암전.

3막 〈농민군 찾기〉

- 스마트폰에서 들리는 대중가요.
- 김문단·이목련·홍아영이 스마트폰으로 무언가를 검색한다. 생각에 잠긴 최미영.

최미영 (왔다 갔다 하며) 동록개의 꿈…. 꿈, 꿈, 꿈. 동록개도 좋은데, 전주성전투하고 거기 있던 사람들에 집중해야 할 것 같아. 마당극보다 정극이 나을 것 같고…. 이건 잘 모르겠다.

홍아영 배우가 부족해서 선택했지만, 인형극 설정은 좋은 것 같아요.

최미영 그럼 다행이고.

김문단 찾았어요. '김준식. 1894년 5월 전주성전투에서 전사', 1856년생, 서른아홉.

이목련 '서용. 1894년 3월 사촌과 함께 백산봉기 참여, 5월 전주성전투에서 전사', (최미영이 음악을 끈다) 마흔. 전주로 검색하면 전주에서 죽었거나 전주성전투에 참여했다, 이런 내용이에요.

소민철 (들어오며) 아, 인생이 참 덧없고 슬퍼요. 삶이 한두 줄로 정리된다는 게. 어제 살펴봤는데 다들 두세 줄이에요. 같은 내용에 이름만 다르기도 하고. 어떻게 인생이 똑같지?

• 도광수와 전기준이 장난치면서 들어온다. 김문단과 소민철의 말에 큰
관심을 보이면서 "뭐야, 뭐야?"를 연발한다.

김문단　'이문교. 무장기포, 황룡촌전투, 전주성점령 등에 참여, 공
　　　　주방면전투 패전 후 은신하다 체포, 12월 26일 총살', 서
　　　　른일곱.

소민철　'김홍섭. 전봉준의 수행비서로 폐정개혁 활동에 나섰다.'

전기준　전봉준 수행비서? 우와! 어떻게 찾았어? 성골이다.

도광수　성골까지는 아니고, 진골 정도.

김문단　위계항, 서른셋. 황화성 스물여섯. 황화성은 사촌 형 황희
　　　　성과 함께 참가.

이목련　사촌끼리 참가했네. 저 집안 어떻게 하나?

소민철　사촌끼리는 많아. 서단, 서용.

김문단　서른다섯 정덕수, 스물여섯 서상은, 서른 김경수…. 대부분
　　　　이삼십 대.

최미영　전봉준, 김개남도 마흔 갓 넘었고, 손화중은 서른셋이었
　　　　고….

도광수　(표정이 심각해지며) 다들 우리 또래네.

이목련　그러게. 지금까지 그런 생각은 한 번도 안 해봤는데….

도광수　동학농민혁명이… 청년들의 혁명이었어. 괜히 더 슬퍼
　　　　진다.

전기준　그때 전주성엔 어떤 사람들이 있었을까?

김문단　양반부터 백정까지 별의별 사람이 다 있었겠지.

최미영　청년들이 모였으니 싸움도 하고, 신나게 놀기도 했겠지?
　　　　죽음이 문턱이어도.

김문단 여기 소년장사도 있어요. '14세 소년장사로 5월 3일 전주 성전투에서 전사'.

최미영 소년장사?

홍아영 장사 타이틀은 아무나 주는 게 아닌데. 어떤 대단한 일을 했을까?

김문단 어린 나이에 어쩌다 농민군에 들어갔을까요?

도광수 그들이 만들고자 했던 세상은 어땠을까?

· 최미영이 단원들에게 모이라고 손짓한다. 둥그렇게 모인 단원들.

최미영 궁금해? 궁금하면, 시작하자.

이목련 남녀 불문, 나이 불문.

전기준 배역은 자유롭게.

홍아영 마당극, 정극, 인형극. 극 형식도 자유롭게.

최미영 좋아?

다같이 좋아!

· 모두 '파이팅'을 외치며 부산하게 움직이다가 들어간다. 암전.

4막 〈또랑광대 소리쇠〉

• 소리쇠(소민철)와 동록개(도광수)가 죽창을 들고 왔다 갔다 한다. 소리
쇠가 멈춰서 완산칠봉 쪽을 한참 본다.

소리쇠　해 질 무렵에는 심심찮게 포도 쏘고 그러드만.

동록개　큰일 날 소릴⋯. 그리 심심허믄 한 가락 허시든가요.

소리쇠　좋제. 생각해 봤는디 말여. 탐관오리 잡으러 갈 적으는 춘
향전의 이몽룡이처럼, (흥에 겨워) 암행어사 출두야, 하고서
나 들어가믄 좋을 것 같어.

• 소리쇠의 판소리에 동록개도 추임새를 넣으며 흥에 겹다.

소리쇠　(판소리 한 대목을 낮게 흥얼거린다) 사면의 역졸들이 해 같은 마
패를 달같이 들어 매고 달 같은 마패를 해같이 들어 매고
사면에서 (소리가 점점 커진다) 우르르르 삼문을 후닥딱, "암
행어사 출두야! 출두야! 암행어사 출두허옵신다!" 두세 번
외는 소리 하날이 답숙 무너지고 땅이 툭 꺼지난 듯.

• 이복룡(이목련)과 김서방(김문단)이 교대하러 나온다.

김서방   (죽창을 내던지며) 아나 마패, 아나 똥이다, 똥. (사람들 놀라고)

소리쇠   김서방이 오늘따라 참 까시락지네. 또랑광대가 소리 한 대
        목 허것다는디.

김서방   에이…. 쌍것들 노는 꼬라지하고는. 저 날망서 언제 포탄
        이 날아올지 모르는디.

소리쇠   날러오믄 날러오는 것이고.

동록개   허기사 틀린 말씀은 아니고만요.

김서방   (이복룡에게) 이 장사, 관군들이 또 겁나게 쏘것지?

이복룡   (고개를 숙이고 말이 없다) ….

김서방   야는 도통 말을 안 혀. 이 장사랑 있다가는 포탄이 아니라,
        심심해서 죽것어.

동록개   (소리쇠에게) 쟈가 뭔 장사요?

소리쇠   몰랐능가? 저 애가 전주성 입성할 적으 서문 열어젖힌 이
        복룡이여, 이복룡이.

동록개   전라도 씨름판을 휘젓고 댕긴다는…. 지도 들어봤어요. (이
        복룡에게) 장허네, 장혀. 복룡이 자네가 녹두장군님 가차이
        있음선 지켜주면 참말로 좋겠구만.

        • 동록개가 이복룡에게 다가가 어깨를 잡으면 피한다.

김서방   그짝은 괴기 썬다고 들었는디, 우리 이 장사헌티 하대허고
        그라믄 안 되지.

소리쇠   뭣을 그라믄 안 돼? 동학 시상서.

김서방   동학 시상이믄 개천 냇물이 거꾸로 흐른다더냐?

동록개   예, 맞구만요. 제가 생각이 짧았구만요. 허허.

김서방	음, (소리쇠 보고) 그나저나 뭔 정신으로 노래허고 지랄이여?
소리쇠	이 심란헌 시상서 노래라도 안 허믄 어쩌? 나헌티 소리허지 말라고 허믄 나 여그 못 있어. 이렇게 소리헐라고 고창 무장서 여그까장 따라왔는디.
김서방	노래허고 싶으면 각설이 초라니 패를 따라가야지, 왜 여기서 지랄이여?
소리쇠	지대로 지랄용천헐라고 그라지. 옳거니, 이 노래가 좋것구만. (김서방을 가리키며 상여가 가락으로) 어제 죽은 김서방, 오늘 죽은 김서방, 내일 죽을 김서방, 어이 가리, 넘차 어화넘.
김서방	저 주뎅이를 확! 어디서 상여소릴 혀, 상여소릴? 재수 없게.
소리쇠	'암행어사 출두야'는 싫다고 헝게 딴걸 혔제.
김서방	(소리쇠의 멱살을 잡고) 이놈이 터진 주둥이라고….
소리쇠	김서방, 왜 그려? 놔라, 놔. 말로 혀라. 안 그러믄 나도 잡는다. (김서방의 멱살을 잡는다)
이복룡	(소극적으로 말리며) 그만해요. (소리쇠에게) 자꾸 시답잖은 농지거리를 헝게….
소리쇠	'암행어사 출두야'는 동학군이 탐관오리 잡으러 갈 때 부르는 노래란 말이여. (멱살을 놓는다) 인자 놔라, 이놈아. (김서방이 멱살을 놓으면) 이 조병갑이 같은 놈아.
김서방	뭣이라고? (다시 소리쇠의 멱살을 잡는다)
소리쇠	놓고 말혀, 놓고. (멱살을 놓고) 조병갑이라고 헝게 기분 나쁘냐?
동록개	긍게요. 이번 참엔 말씀이 좀 심허싯네요.
김서방	이 작자가… 혼이 좀 나야긋네.
소리쇠	호랭이 물어 가네. 너 몇 살이여? 어린놈의 시끼가. 어쩔

김서방	이놈! 이 천한 상놈의 새끼가…. 네 이놈! 강상죄를 아느냐? 네놈이 치도곤을 당해야…. 복룡아, 아니, 이 장사, 저놈을 번쩍 들어 저 멀리 던져 버리시게.
소리쇠	아따, 어린놈이 다 떨어진 갓 하나 썼다고 상전 노릇을 허네.
김서방	나헌티 또 조병갑이 같다고 헐 거여?
소리쇠	왜, 약 오르냐? 조병갑이가 변사또보담은 낫잖냐?
김서방	변사또? 춘향이 흠모하던 그 변사또?
소리쇠	그라제.
동록개	변사또나 조병갑이나 다 나쁜 양반이죠.
소리쇠·김서방	그라제.
소리쇠	아무리 그놈이 그놈이라도 더 나쁜 놈이 있것지? 조병갑이는 돈에 환장헌 놈!
김서방	변사또는 여자에 환장헌 놈!
소리쇠	춘향이헌테 알짱대다 봉고파직된 놈이 사또는 무슨…. 그놈이 사또면 나는 정승판서다.
동록개	만석보 만들어서 백성들 피고름 짜내다가 쫓겨난 그놈이 군수면 난 대원군이구만요.
김서방	네 이놈! 아무리 그래도 흥선이 대원군을…. 이놈, 치도곤을 치리다.

• 동록개, 소리쇠, 김서방, 이복룡은 동서남북으로 빙빙 돌며 대립한다.

이복룡   (무리에서 빠져나오며) 고만혀요.

동록개　그래요. 고만혀요. 내일 또 완산칠봉 관군헌티 쳐들어가야 할 사람들끼리 뭔 쓸데없는 농지거리여요, 농지거리가.

이복룡　백성 등친 놈들은 다 그놈이 그놈 아녀요?

김서방　그걸 몰라 묻나? 그래도 좀 더 나쁜 놈이 있겠지. 말 나온 김에 끝장을 보자.

동록개　전라감사 김문현이가 질로 나쁜 놈이요. 지들 도망갈라고 성 밖 민가에 불을 질렀잖어요.

김서방　아조아조 숭악허지. 뭐, 그 덕에 우리는 쉽게 들어왔는 디….

소리쇠　사람들한테 물어봅시다. 나쁜 말 많이 나오는 놈이 나쁜 놈 대빵이것지.

　• 네 사람은 객석으로 내려가서 세상에서 제일 나쁜 놈이 누구인지 물어본다.

소리쇠　(관객의 답을 듣고) 그려, 세상에 나쁜 놈들 많지. 헌디 변사또가 요새 시상을 비웃음선 한마디 하등만. 지는 그리도 얼마나 깔끔허게 물러났냐고.

김서방　(고개를 갸웃하다 무릎을 치며) 그렇지! 변사또가 딱 한 가지 잘헌 일이 있지. (모두가 의아하게 바라보면) 어사또께서, 너 짤라 븐다, 했을 때, 항소도 안 허고 깨깟허니 물러났지. (변사또 흉내) 어사또, 내가 잘못했소. 목심만은 살리 주옵시고, 대신 감봉으로…. (눈치 보고) 봉고파직… (눈치 보고) 귀양은… 에라, 모르것다. 맘대로 허소.

소리쇠　말 한번 잘허네. 요즘 관리며 의원들은 뇌물 먹다 얹히고 체허서, 재판장에 가믄 이리 말허드만. "우리 마누라가 한 일이라 나는 모릅니다. 기억이 통…."

이복룡 인제 그만해요.

김서방 (무시하고) 허허이. 모르는 일이라고? 너 빼고 다 안다, 이놈들아.

소리쇠 "모든 것을 솔직하게 다 말했습니다. 법의 현명한 판결이 있을 것입니다."

김서방 "이것은 정치 탄압입니다. 진실은 역사가 알아줄 것입니다."

이복룡 다 나쁜 놈들인디….

소리쇠 (무시하고) 변사또가 살았으면 아마도 이렇게 말했으렸다. "나를 가리켜 탐관오리? 사리사욕, 매관매직, 가렴주구, 타락과 부패의 극치를 보여주는 그 탐관오리? 수백 년 지났어도 한 개도 안 바뀐 내 나라 조선아. 허기와 남루로 고통받는 백성의 원성은 하늘에 닿았고, 탐관오리 수도 없이 판을 치는 내 나라 조선에서…."

김서방·동록개 (전두환을 흉내 내며) "왜 나만 갖고 그래."

이복룡 (과하게 화내며) 인제 그만혀요. 지 정신이요? 어떻게 난봉꾼 편을 들어요?

김서방 왜? 겁나게 재미지고만. 이 장사도 재미진감만. 말도 길게 허고. (소리쇠 보고) 거, 헌 김에 조금만 더 해보시오.

소리쇠 그럴까? 둘째가라면 서러워할 탐관오리 조병갑이 놈 성깔 한번 보자. 그놈이 갖가지 명목으로 수탈을 행하는데, 오뉴월 개처럼 거드럭거드럭허는 꼴이라니. (판소리 가락으로) 과중 세금 징수하고 양민 재산 갈취하고 나 홀로 부귀영화

라. 매관매직 관직매수 잡색양반 주지육림 구실아치 졸부들과 짝패 지어 토색질로 호의호식이라. 이놈아, 정신을 차리거라.

김서방·동록개 정신을 차리거라, 이놈들아!

이복룡 지 먼저 들어갑니다.

동록개 잘 놀다가 왜 그려?

• 이복룡이 대답 없이 들어가려고 하면.

동록개 백정이라 말도 안 섞는 겨? 지가 정승댁 도령인 줄 아는 개비.

소리쇠 에이, 재미지다가 말었다. 불퉁거리들 말고 다들 들어가서 자자고.

김서방 복룡아, 오줌 싸고, 같이 들어가자. 가지 말고 기다려.

• 김서방은 주변을 살피다 소변을 눈다. 이복룡이 멀리서 기다린다.

소리쇠 복룡이 쟈가 아고똥허게 톡톡 불거진단 말이여.

동록개 암시랑토 안 혀요. (주저앉아 한숨을 쉬고) 이곳선 백정 소리 안 들을 줄 알었는디… 똑같네요.

소리쇠 암시랑토 안 헌담선? 아직 어려서 그러니 맘 쓰지 마시게. 거 누가 또 이곳에서 차별허든가? 차별 없으니, 소백정이며 갖바치, 홀아비, 과부, 돈 없는 사람, 돈 있는 사람, 격 없이 모이는 것 아닌가.

동록개 그건 또 그려요. 여기나 옹게 갓 쓴 양반이랑 말도 섞고 그러지요. 그건 감동이어요, 감동. (한쪽을 보며) 저 씨름하는 아가 힘은 장산가 몰라도 한참 애구만요. 자슥이 저러믄 부모가 욕먹을 것인디.

이복룡 (다시 들어와서) 뭐라고? 다시 말해 봐. 부모가 어쩐다고?

동록개 실언을 했구만. 죄송스럽네.

이복룡 덤벼. 붙어보자고.

김서방 (소변을 보고 나오며) 저것이 또 매급시 그러는구나. 완산칠봉서 포탄 날아올지 모른디 같은 편끼리 뭔 싸움이여?

동록개·이복룡 같은 편?

동록개 같은 편이라고요? 황송시럽네요. (이복룡에게) 내가 크게 잘못했구만요.

이복룡 (못마땅해서) 같은 편은 무슨 같은 편? 암껏도 아닌 것이….

소리쇠 그만들 허시게. 우리가 어디 보통 사인가? 누구 말대로 완산칠봉서 날아온 총알 포탄으로 지금 당장 죽을지도 모르는디, 그믄 다들 저승 동기 아닌가? (흥얼거림·상엿소리) 저승 길이 멀다더니 내 눈앞이 저승이라, 육자배기 부르면서 사이좋게 저승 가세, 이제 가면 언제 오나, 어이 가리, 넘차 어화 넘차.

동록개 목청 참 좋소.

김서방 그 정도도 못 허믄 전라도 사람이더냐?

소리쇠 아따, 전주서 소리허믄 귀명창 땜시 심들다듬만, 전주 사램이라고 귀명창 노릇을 다 허네, 잉.

김서방 귀명창이 따로 있가디? 잘헌다, 못헌다, 허믄 귀명창이지.

동록개 맞네요, 맞어. 그리고 보믄 나라님이나 소리꾼이나 매한가지여요. 나라님도 백성의 마음을 얻어야 성군이 되고, 소리꾼도 청중의 마음을 얻어야 명창이 되는 거 아닌가요?

소리쇠 그렇고만. 나라님은 백성이 허는 말을 잘 알아들어야 허고, 백성은 나라님들이 조선 팔도 잘 다스리도록 잘헌다, 못헌다, 추임새를 넣어줘야 허지 않것는가?

동록개 그럼 상전님네들이 소리꾼이고, 동학군이 귀명창이란 말씀인가요?

소리쇠 자네 말이 딱이네. 우리가 여그 왜 있는가? 나라님네들이 백성 맴 몰라주고, 상전이고 중전이고 하전이고 돈밖에 모르는 시상 때문 아닌가? 자, 허고 싶은 말 있으믄 외쳐 보시게.

동록개 밥 좀 나눠 먹어요. 혼자만 배불리 먹는 자는 벌하시오!

다같이 벌하시오!

김서방 (큰 소리로) 아전 육방 놈들 땜에 못 살겠소. 벌하시오!

다같이 벌하시오!

소리쇠 나라님들이여! 백성의 말을 멋대로 맘대로 해석하지 마옵시고, 백성들이 말하지 못하는 것까지 두루두루 보고 듣고 살피는 명창이 되시옵소서!

김서방 모이시오. 모이시오. 선량하고 용기 있는 조선 땅 백성은 모두 모이시오.

이복룡 낫 들고 모이시오. 괭이 들고 모이시오. 쇠스랑 들고 모이시오. 대나무 비어 날 세워 들고 모이시오.

동록개 저 너머 살맛 나는 세상 우리 손으로 만듭시다요.

다같이 가보세, 가보세, 가보세. 민심은 천심, 천심은 민심. 가보세, 가보세, 가보세. 민심은 천심, 천심은 민심.

소리쇠 아따, 오늘도 잘 놀았다. 이것이 사람 사는 세상 아닌가.

- (E) 포탄 소리.
- 포탄이 곳곳에서 터지고, 모두 급하게 흩어진다. 암전.

5막 〈여자 이소사〉

• 인형극. 최미영과 박순정이 홍계훈과 전봉준 인형을 의자에 앉히고 마주 보게 한다. 김문단이 주위에 관군들 인형을 가져다 놓는다.

최미영 전봉준과 홍계훈의 대담 장면. 대담은 여러 번인데, 줄였어. 홍계훈은 도광수, 전봉준은 전기준, 관군은 김문단이 맡아.

도광수 (나오며) 좋은 것 좀 달라니까.

전기준 (나오며) 배역에 좋고 나쁜 게 어딨어?

도광수 맨날 전봉준만 하니까 모르지. 악역의 슬픔을.

김문단 주연님, 조연님, 여기 단역도 있습니다요.

• 각자 인형 옆에 앉는다. 홍계훈(도광수), 전봉준(전기준), 관군들(김문단).

최미영 자, 시작하자. 홍계훈부터.

(홍계훈) (멋을 내며) 우리의 공격으로 피해가 심각하다고 들었다.

(전봉준) 그대의 손해도 꽤 클 것이오. 포격으로 민가 수천 호가 불에 탔고, 태조 어진을 모신 경기전도 훼손됐소. 조정의 썩은 무리가 그대를 가만둘 것 같소?

(홍계훈)   그대가 걱정할 일이 아니다.

최미영   잠깐! 홍계훈과 전봉준 목소리 톤이 너무 똑같아.

도광수   왜? 간신 목소리로 해? 홍계훈이 악역인가? 아니잖아.

최미영   누가 그렇대?

도광수   전봉준은 주인공이라 목소리 좋고, 홍계훈은 반대편이라 목소리도 비열하다, 이런 편견을 버려.

최미영   그 말 아니거든? 차별점이 없잖아.

(홍계훈)   (무시하고, 최미영 보며) 네가 걱정할 일이 아니다.

최미영   이대로 할 거야?

(홍계훈)   (목소리 톤을 높여서) 그만 항복해라. 지금껏 무수한 반란과 민란이 있었지만 모두 궤멸하였다.

(전봉준)   조선도 그 반란 중 하나가 성공한 것 아니오?

(홍계훈)   역적의 무리 같으니….

(전봉준)   반란이 아니오. 곪고 썩은 것을 도려내 조선의 기강을 바로 세우려는 것이오.

최미영   …. 관군들 뭐 하니? (돌아보면 김문단이 딴짓을 하고 있다) 김문단. 관군들 나와서 소리쳐야지.

김문단   (놀라서) 죄송합니다. 잘할게요. (큰 소리로) 역전의 무리는….

도광수   농민군이 역전의 용사냐?

김문단   예? 왜요? 아, 죄송합니다. 입이 자꾸 꼬이네요. 다시 할게요. (입을 풀고) 역, 적, 의 무리는 속히 해산하라. (힘없이) 해산하라. 해산하라.

도광수   농민군이 임신부냐? 꼭 지자체에서 아이 낳으라는 것 같잖아.

최미영   딴지 좀 그만 걸어.

도광수　(홍계훈 목소리로) 돈을 줄 것이니 우리 고을에서 아이를 낳아라, 낳아라, 낳아라. 첫째는 백만 원, 둘째는 오백만 원….

최미영　잠깐! 우리 작품이 왜 다시 전봉준 중심이 됐지?

도광수　그럴 수밖에 없다니까. 소리쇠, 김서방, 동록개 모두 주연감은 아니야. 조연도 쫌 그렇고. 그냥 출연진. 농민군 일, 이, 삼! 중요한 건 이름 있는 전봉준과 홍계훈이야.

최미영　배우님, 그만 나대셔. 그 이름 없는 사람들이 죽창을 들었고, 촛불 들고 세상을 바꿨어. 3·1운동, 4·19혁명, 5·18민주화운동, 6월항쟁, 촛불혁명….

도광수　아, 반성! 반성!

최미영　선배님, 동학에 여성은 없었을까요?

박순정　세상의 절반이 여성인데 왜 없었겠어? 시대가 남자 중심이고, 여자들은 이름도 없던 시절이니까…. 재미있는 이야기 해줄까? 1800년대 경기도 이천의 이소사와 전남 장흥의 이소사가 있어. 한 사람은 천주교 박해 순교자, 또 한 사람은 말을 타고 다니던 동학의 여성 지도자.

최미영　이름이 같다는 게 흥미로워요.

박순정　소사는 이름이 아니라 양민의 아내나 과부를 이르는 말이야.

최미영　아버지가 이씨인 유부녀?

박순정　전투 현장에도 여성이 있었겠지. 그리고 죽창 들고 나간 남편을 바라보며, 기다리며 비손하던 여인들. 〈정읍사〉 여인처럼 숱하게 많았을 가정의 전사들.

　• 암전.

6막 〈여자 언년〉

• 한쪽 밝아지면, 소리쇠(소민철)와 무장댁(홍아영)의 집. 아이를 업고 무릎을 꿇은 무장댁.

무장댁　아이고, 못난이 아부지요. 안 돼요. 안 돼. 그리는 못 헙니다.

소리쇠　(죽창 들고 나오며) 가야 혀. 이번 참에는 꼭 갈 것이구먼. 죄다 몰려갔는디 나만 이럴 수도 없잖어.

무장댁　그러다가 우리 동네 남정네들 제삿날이 다 같은 날 되믄 어쩐대요?

소리쇠　어쩌긴. 동네 여편네들 죄다 뫼서 합동 지사 지내. 외롭든 안 하것네. 쌀은 자네가 다 대소. 애끼들 말고.

무장댁　농이 나오시오?

소리쇠　농이라도 안 허믄 어쩔 것이여. …. 내가 가서 엎어 버릴 것이여.

무장댁　어찌 엎는대요?

소리쇠　팍, 엎어 버려야지.

무장댁　뭔 힘이 있다고….

소리쇠　강아지도 지 밥그릇 차믄 컹컹 짖고, 송아치도 받아 버리는 것이여.

무장댁   개는 이빨 있고, 소는 뿔도 있지만 당신은 뭐시가 있다고….

소리쇠   언제는 뭐시가 있었가디? 기냥 물고 받아 버리지 뭐.

무장댁   나부텀 물고 받고 가시오, 못난이 아부지요.

- 조명 꺼지고.
- 중앙 밝아지면, 아이를 업은 언년이(박순정)가 누군가를 찾는 듯 기웃거린다.

언년이   저기, 말 좀 물어요.

- 이복룡(이목련)이 언년이와 부딪친다. 언년이가 잡으면 모른 척 나간다.

언년이   저 싸가지. 저것이 뉘 집 자슥인디 저런대. 눈깔을 어따 치켜들어. 개똥 아부지 한 줌 거리도 안 되는 것이 까불기는…. 야, 내 남편이 닭 모가지는 눈 깜짝헐 새에 비틀어 버리는 사램이여. 돼지 멱도 단칼에 쑤셔 박어. 그뿐이간디? 초가집만 헌 칡소도 쇠망치 한 방으로 때리잡어. 내 남편 만나믄, 너 기언시 찾아낸다. 조심히라.

- 언년이가 사람들에게 말을 건다. 김서방(김문단)이 지나가며 본다.

언년이   개똥이 아부지? 아, 말똥이 아부지라고요. 죄송시럽네요. 김제 원평서 온 개똥이 아부지 아시오? 저 집은 딸이 개똥

　　　　이라고요? 우리는 아들이 개똥인디.

김서방　(살피다가 다가와서) 누굴 찾으시오?

언년이　혹시, 우리 개똥이 아부지 봤소?

김서방　개똥이 아부지? 조선 팔도 쌔고 쌘 이름이 개똥이 아니믄 소똥이고, 소똥이 아니믄 말똥이고, 말똥이 아니믄 그냥 된 똥인디, 어찌 찾을라고?

언년이　어쩐대요? 우리 개똥이 아부지가 존 세상 만들어 보것다 고 녹두장군 따라나섰는디…. 밥은 먹고 댕기는가, 궁금히 서….

김서방　걱정 마시오. 넉넉허든 안 히도 끼니때마동 나눠서 먹으니.

언년이　참말이오?

김서방　지랄 같은 시상서 부부지정(夫婦之情)이 참 좋소. 농민군 으로 나선 사람이 이 산 저 산 뻐꾸기마냥 한둘도 아니건 만…. 뻐꾹, 뻐꾹.

언년이　이 산 저 산 뻐꾸기, 말도 마소. 저놈의 새 울어 싸면 난리 만 나더라고.

김서방　저쪽에 몰려들 있으니 가보시오. 혹시 아오? 뻐꾹, 뻐꾹. 여 그 와서 총에 포탄에 죽은 놈이 솔찬혀서 어쩔랑가 모르것 네. 뻐꾹, 뻐꾹. (도망치듯 나간다)

언년이　저, 저런. 개똥 아부지 찾으믄 너도 기언시 찾아낸다. 조심 혀, 목구녁서 때꾸장물이 좔좔 흐르는 놈아.

• 언년이가 주저앉았다가 다시 기운 내 찾아 나선다. 달을 보고 멈춰 서 서 비손한다.

언년이   (흥얼거림) 달아, 달아, 밝은 달아, 중천엘랑 높이 떠서 내 낭 군을 비춰다오. 내 님 앞길 밝혀다오.

• 언년이의 조명이 줄어들고, 소리쇠·무장댁의 집 밝아진다.

무장댁   (바짓가랑이 붙잡고) 꼭 가야긋소? 소리꾼이 죽창 들고 따라간 다고 그 사람들이 반겨 주것소?

소리쇠   그건 바라도 안 해. 기냥 내가 하고 싶어서 그려.

무장댁   하고… 싶다고요? 기냥 당신 좋아허는 소리나 여그서 평생 허시오.

소리쇠   우리 팔자를 봐.

무장댁   뭐가 어때서요. 처자식에 남편 있것다, 내일 먹을 곡식도 있것다.

소리쇠   그 곡식이 얼매나 갈 것 같어. 아전 속전 잘난 윗전들이 기 냥 놔두것는가? 우리가 어찌 지냈는가? 여름 한철이나 시 꺼면 꽁보리밥 얻어먹지, 여니 땐 편편 굶구 지냈잖어.

무장댁   (포기한 듯) 그려요. 근다고 옷이라도 변변혀? 삼복에 무명것 친친 감구 살지, 동지섣달엔 맨발에 홑고쟁이 입구 더얼덜 떨고…. 그러구서두 일은 육즙 나게 하지. 말이나 소도 우 리보단 나을 겨. 도무지 사람 꼴루 뵈들 않는걸….

소리쇠   그렇게두 못 먹구 헐벗구 뼈가 휘게 일허고, 그러고도 밤 낮없이 뺏기는디…. 소리꾼 신세나 백정 신세나 소작농 신 세나 다들 개돼지만도 못하지…. (진지하게) 생전 뭐가 허고 싶다는 것은 첨 일이여. (서두르며) 자네는 집안 단속 잘허고 있어. 못난이 잘 키우고, 아버지 제사 빼먹들 말고.

- 무장댁이 울며불며 매달려도 반응은 차갑다. 소리쇠가 밀치고 뛰어나가면.

무장댁 (외침) 못난이 아부지! 꼭 돌아와요. 꼭이요! (퍼더버리고 앉아, 타령조로) 알지요, 알지요. 붉은 죽창 들고 뛰쳐나간 심정이야, 알지요. 정히 가고 잡으면 가시오. 살아생전 당신이 뭐가 허고 싶다는 것이 참말로 첨 일이요.

소리쇠 (가다가 멈춰 서서, 혼잣말) 미안허고만. 헌디 어쩔 것이여. 우리 같은 무지렁이들이 지금 아니믄 언제 또 이런 난리를 낼 것이여? 목청껏 소리라도 한바탕 지르고 올라네.

무장댁 그려요. 서녘 해 붉게 저물도록 조선 땅 자랑처럼 누비시오. (힘 있게) 녹두꽃 하르르, 하르르, 지더라도 살아만 돌아오소. 살아만 돌아오소.

- 슬픈 음악 이어진다.
- 달빛 아래, 양쪽에서 아이를 업은 언년이와 무장댁이 비손한다.

언년이 달아, 달아, 밝은 달아, 중천엘랑 높이 떠서 내 낭군을 비춰다오.

무장댁 달아, 달아, 밝은 달아, 중천엘랑 높이 떠서 내 님 앞길 밝혀다오.

언년이 달빛 아래 녹두꽃아, 내 낭군을 비춰다오.

무장댁 달빛 아래 녹두꽃아, 내 님 앞길 밝혀다오.

언년이·무장댁 달빛 아래 녹두꽃아, 허허벌판 잠 깨워라. 두둥실 두리둥실, 허허벌판 잠 깨워라.

- 무장대의 조명이 차츰 꺼지고.
- 비손하는 언년이를 보는 전봉준(전기준). 조금은 불안하고 두렵다.

전봉준 아! 내가 저 여인을, 저 깊은 슬픔에 빠지게 했구나. 지금 내 아내도 울고 있는가? 내 어미도 울고 있는가? 내 자식도 울고 있는가? …. 나는 이미 오래전 죽기를 각오했다. 그러나 정녕 죽을 것인가. 죽을 수 있을 것인가.

- 동록개(도광수)와 이복룡(이목련)이 지나가다가 비손하는 언년이를 힐긋거린다.

동록개 (놀라서) 자네, 자네….
언년이 개똥 아부지…. 살아 있었네, 살아 있었어.
동록개 여그가 어디라고, 여, 여그까장 어뜩게 왔능가?
언년이 천 리든 만 리든 뭔 대수라요…. 밥은 자셨소?

- 이복룡이 두 사람을 바라본다.

언년이 저거 싸가지 아녀? (화를 참고)
동록개 (아이를 받아 안으며) 여근, 밥 안 먹어도 배부른 곳이여.
언년이 그런 거짓뿌렁이 어딨다요? 안 먹었는디 어떻게 배가 불러요?
동록개 아니랑게. 여그가 극락이여.
언년이 전쟁통이 뭔 극락이라요?
동록개 극락이 따로 있가디. 노비 문서 없애라, 넘 가축 잡아먹지 마라, 불효허고 불충허는 놈 죽이쁘리라, 배고픈 자 배불리 먹여라, 아픈 사람헌티 약 쥐라, 이렇게 사는 디가 극락이지.

언년이 (아이를 다시 안는다) 개똥 아부지, 나랑 같이 집이 갑시다.

동록개 안 된당게. 나는 여그 있어야 혀.

• 언년이가 동록개에게 과하게 달려든다. 동록개가 언년을 뿌리친다. 언년이가 아이와 함께 넘어진다. 이복룡이 동록개에게 달려들며 멱살을 잡는다.

이복룡 이 백정도 누구랑 똑같은 놈이었구만!

동록개 백정? 백정?

이복룡 너 같은 놈은 혼이 나야 해.

동록개 (같이 멱살을 잡고) 내가 너만치 힘이 없어서 가만있는 줄 아냐? 내가 닭 모가지를 눈 깜짝헐 새에 비틀어. 돼지 멱도 단칼에 쑤셔 박고. 황소 칡소도 쇠망치 단번으로 쓰러트린다. 알것냐?

• 반항하지만 꼼짝도 못 하는 이복룡. 동록개가 한 대 때린 뒤 멀리 던진다. 이복룡은 정신이 번쩍 난 듯.

동록개 왜 근 줄 아냐? 그리야 가장 안 아프게 죽일 수 있응게. 미물이라도 생명은 귀헌 것잉게. 개돼지만도 못허다는 백정도 생명 귀헌 줄은 앙게. 근디 너는 좀 아프게 맞어야긋다.

• 이복룡이 다시 달려든다. 언년이가 달려와서 말린다. 언년이가 이복룡을 안아준다.

언년이 그라지 마쇼. 야가 뭘 잘못을 했다고 그러쇼.

동록개 백정. 그놈의 백정 소리 징글징글허고만.

언년이 야는 당신이 나 때릴라는 줄 알고 달라든 거여. 알도 못험선.

동록개 아녀. 분명히 백정이라고 혔어.

언년이 백정을 백정이라고 혔는디, 뭐가 잘못이여? …. 인자 그만혀요. 등치만 컸지 애 아녀. (이복룡에게) 다친 디는 없냐? 너 같은 애가 뭣 헌다고 여그까장 왔냐? 집에서 걱정헐 것인디. 후딱 집에 가그라. 안 그르믄 너 뒤진다.

이복룡 (풀이 죽어) 죽든 말든 뭔 상관이요?

언년이 뭣이 어쩌고저쩌? 불퉁거리들 말고. …. 우리도 사는 게 힘들다.

이복룡 맥없는 소리 마쇼.

언년이 눈 똑바로 뜨고 댕겨. 썩은 동태눈깔같이 멍히가꼬 이 힘난헌 세상을 어치게 살래?

이복룡 뭔 상관이요?

언년이 대체 머시 될라고 그러냐? 천지에 부모 맴은 다 똑같어.

이복룡 뭘 안다고 그러시오.

• 이복룡이 인사를 꾸벅 하고 도망치듯 나간 뒤, 숨어서 두 사람을 본다.

언년이 참말로, 여그서 저런 애까장 봉게 당신헌티 집이 가자고 말도 못 허것네….

동록개 … 임자, 여그, 동지들이 있어. 말도 걸고, 행동은 거칠어도 나이 따라 성님 동생 험선 재미지고만. 글고… 나는… 소, 돼지 그만 쥑이고 농사짓고 싶어. 내가 거둔 곡식이 내 것인 세상을 만들고 싶어.

언년이 몸이 성히야 존 세상이든 안 존 세상이든 함께 살 것 아녀? 당신 죽고 나믄 뭔 소용이여.

동록개 내가 아녀. 나 때문이 아녀. 나는 죽더라도 자식 놈들 사는 세상 잘 맹글어 보자고 허는 것이여.

언년이 …. (무언가 다짐한 듯 수긍하고) 그려. 우리는 못 살아도 자슥이 있응게. (농민군 전체를 보고) 그려, 모두 다 죽으시오. 사람이 사람답게 사는 세상 만들자고, 사람이 사람을 하늘처럼 받드는 세상 만들자고, 처자식 버리고 온 사람들 아니오? 그 세상 못 만들겠거든 다 죽으시오. 이 자리서 꽉 혀 깨물고 죽으시오. 내가 여그서 당신네들 밥 히줌선 똑똑히 지켜볼 참이요. 우리가 잘 싸우믄 자식 놈들 사는 세상은 백정도 책 읽고 양반도 괴기 썰고 마나님도 밥 짓고 냇가서 빨래 허는 그런 세상 오것지요?

• 언년의 비손이 다시 시작된다. 암전.

7막 〈씨름꾼 이복룡〉

• 중앙에서 소리쇠(소민철)가 흥얼거린다. (민중가요 〈어머니〉 참고)

소리쇠   (넋두리하듯) '사람 사는 세상이 돌아와, 너와 내가 부둥켜안을 때, 우리의 다리 저절로 덩실, 조선의 거리로 달려나간다, 죽어간 동무의 뜨거운 눈물, 아, 어머니 해맑은 웃음의 그날 위해…' 암만! 죽을 때 죽더라도 노래험선 죽어야제. 노래험선 죽은 귀신은 인물도 좋다고 안 혀. 웃는 상이라. …. 이 노래가 메아리로 남아서 조선 산천 휘휘 돌고 돌다가, 진달래로 민들레로 산꽃 들꽃 지천으로 펴서 고운 님 상여 나갈 때 살포시 반겨주면 얼매나 좋을 것인가. 이것이 사람 사는 세상 아닌가?

• 이복룡(이목련)이 타달타달 걸어온다.

소리쇠   우리 씨름대장 쌈대장이 왜 이려? 기운이 쏙 빠졌네.

이복룡   소리가 좋소?

소리쇠   좋제. 너도 씨름 좋아허잖어.

이복룡   나는 씨름 안 좋아허요. 아부지가 좋아허제.

소리쇠   그럼 니가 효자구나.

이복룡	딸내미 있소? 이름이 뭐요?
소리쇠	이름은 뭣 허게?
이복룡	가난한 집 딸은 모두 언년이요?
소리쇠	(놀라서) 언년이?
이복룡	소잡이 마누라가 왔는디, 언년이라고 허데요. 우리 엄니도 언년이라고 혔는디.
소리쇠	조선 팔도 여자 이름이 언년이 아니믄 간난이고, 간난이 아니믄 섭섭인게. 내 어머니도 언년이, 내 각시도 언년이, 내 딸도 언년이.
이복룡	뭔 이름이 그런대요?
소리쇠	딸 낳아 섭섭해서 섭섭이, 갓 낳아서 간난이, 어찌 계집앤가 언년이. 너는 복 받은 거여. '복' 자에 '룡' 자에, 이름이 겁나게 좋잖여.
이복룡	그깟 이름….
소리쇠	아버지 어머니헌티 잘혀.
이복룡	상관 마세요.
소리쇠	아따, 근디 오늘은 어짠 일로 입이 터졌냐? 별일이다, 잉.

• 전봉준(전기준)이 나온다. 소리쇠와 이복룡이 공손하게 인사한다.

전봉준	여기 있었구나. 너에게 할 말이 있다.
소리쇠	너는 인자 큰일 났다. 낮에 시비 붙은 거 들켰는갑다.
이복룡	싸울 만헌게 했죠.
소리쇠	녹두장군님께 무슨 말버릇이냐?
전봉준	씨름대장이 아니라 싸움대장이구나. …. 복룡아, 너는 왜

이곳에 왔느냐?

이복룡 동학 세상을….

전봉준 솔직하게 말해라.

이복룡 배고파서요.

소리쇠 차라리 부잣집서 머슴을 살제. 근디, 황소들은 다 어쨌냐? 솔찬허게 벌었을 판인디.

이복룡 황소 시 마리, 염소 시 마리, 곡식은 솔찬혔지요.

소리쇠 아따, 오지다. 효자네, 효자여. 그거 다 어쨌냐?

이복룡 어짜긴요. 아부지란 작자가 기생집서 투전판서 날려 묵었죠.

소리쇠 홀라당?

이복룡 홀라당.

소리쇠 엄니는?

이복룡 작년에 가싯어요.

소리쇠 어찌다가?

이복룡 화병(火病)이것지요. 노름에 난봉질에 주먹질에 어찌 버티것어요.

전봉준 그래서 늘 화가 나 있었던 것이냐?

이복룡 ….

전봉준 공손하게 지내보렴. 다들 너를 걱정한다.

소리쇠 새겨들어라. 다 너 잘되라고 허는 소리여!

이복룡 ….

소리쇠 옴마, 야가 왜 대답을 안 혀. 또 병이 도졌고만. 장군님 말씀허시는디.

• 이복룡이 말없이 인형극 무대 쪽으로 간다. 인형극 무대가 밝아진다.

• 인형극. 칠월 스무날 고산천 근처 웃장터(윗장터). 노거수(느티나무 ·
  팽나무) 아래 모래판.

(주민1) 올해는 당산제도 풍년이네. 겁나게들 왔어.

(주민2) 당산제? 사램들이 여그 사형터서 죽고, 강에 빠져 죽은 원
        귀들 달래자고 왔것능가? 상씨름에 이복룡이가 나옹게, 갸
        귀경헐라고 몰려왔긋지.

(주민1) 나는, 갸가 나오믄 재미가 읎써.

(주민2) 아, 왜?

(주민1) 기냥 다 이겨 버리잖어. 으라차차 허믄, 일사천리로다가
        끝내 버린당게. 힘도 좋고 기술도 좋은디, 외궁딩이가 일
        품이제.

(주민2) 복룡이 갸는 기저귀 벗음선부텀 씨름판서 놀았다등만.

(주민1) 인자 열시 살 묵은 놈이 뭔 힘이 그리 장산가. 다섯 살 때
        애기씨름 띠고, 열한 살 때 중씨름 띠고, 열두 살 먹음선부
        텀 상씨름 나갔잖여. 공장혔지.

(주민2) 한가락 헌다는 삼례 한량들도 갸 앞에서는 두 손을 꼭 모
        으고 댕기드랑게.

(주민1) 그리서 사램들이 복룡이 앞에서는 힘자랑허지 말라고 혀
        쌓드만.

• 이복룡이 으스대며 나온다. 심판이 이복룡 목에 샅바를 걸고 모래판을
  돈다.

(심판) 첫 번째 선수는 전라도 전주부 봉상서 온 이복룡이오. 도
전할 사람은 나오시오. 작년에 여그서 황소를 탔고, 충청
전라 어딘가서도 황소를 탔소.

• (봉동씨름은 도전자가 없을 때까지 계속 경기를 하는 방식. 맨 끝에 남
은 승자가 우승. 도전자 숫자는 상황에 맞춰서 연출) 마지막 도전자,
거구의 최봉래가 나온다.

(심판) 도전자 나왔소. 누군가 했더니, 왕년의 천하장사, 최봉래요.

• 심판이 최봉래 목에 샅바를 걸고 모래판을 빙빙 돌면서 끌고 다닌다.

(주민1) 저 사람이 복룡이 나오기 전까장 황소 타 간 최봉래여.
(주민2) 아, 전국 씨름판을 누볐다던 봉래들 중으 하나고만. 최봉
래, 강봉래, 도봉래, 임봉래, 한봉래. 이 다섯 장사들이 전국
씨름판에서 타온 소가 이백 마리도 넘는담선.
(주민1) 공장혔지. 근디, 복룡이 나오고서는 기운을 못 쓰잖여.

• 샅바를 왼쪽 다리에 낀다. 두 선수가 선 자세로 샅바를 잡는다.

(심판) 우리 전라도는 어디까장 오른씨름이여. 이것이 진짜 씨름
잉게. 자, 시작허세.

• 이복룡과 최봉래의 씨름. 팽팽하게 맞서다 이복룡이 배지기로 상대를
쓰러트린다.

(심판)   또 도전할 장사 없소? 없소? 작년에도 올해도 씨름 장사는
       역시 살 전주 사는 이복룡이오.

• 황소 등에 탄 이복룡. 모래판을 한 바퀴 돈다.
• 술에 취한 이복룡의 부친이 달려 나온다. 이복룡이 소 등에서 떨어
  진다. 아버지가 황소를 빼앗아 간다. 이복룡이 아버지를 멍하니 바
  라본다.

(아버지)   정읍 산외 장날이 낼모레다. 거그서도 쓸어 오자.

• 이복룡이 고개를 가로젓는다. 아버지가 이복룡을 때린다. 어머니가 달
  려와 말린다.

(어머니)   참말로 인자 그만 좀 혀요. 애헌티 시킬 일이 따로 있지 이
       게 뭔 짓이어요.
(아버지)   이놈의 예편네가 재수 없게 어디서 주둥이를 나불거려.

• 이복룡의 아버지가 어머니에게 폭력을 가한다. 어머니의 비명. 두 사
  람을 멍하니 바라보다 절망하듯 주저앉는 이복룡.

이복룡   그날도 다 뺏겼어요. 아버지헌티. 한두 번도 아니라 이골이
       날 만도 헌디 그날은 유독 야속하더라고요. (객석을 바라보며
       진지하게) …. 부모란 뭔가요?

• 인형극 무대 조명 꺼지고.

• 무대 중앙 밝아지면, 전봉준과 소리쇠가 있다. 이복룡이 다가온다.

소리쇠 복룡이 야가 솔찬히 억울허고 아팠것네.

이복룡 엄니 죽고, 엄니 보고파서 무작정 걸었는디, 저 멀리서 포슬포슬 연기가 오르고, 사람 소리도 들리고, 밥 익는 냄새가 났어요. 밥내요. 엄니한테서 났던 냄새예요. 여그 형님들, 아저씨들, 아주머니들이, 어서 오라고, 밥 먹었냐고, 허는디, 왜 자꾸 눈물만 나든가…. 하루, 이틀, 사흘…, 집이 갈라고 혔는디, 발길이 안 떨어지데요. 존 세상이 뭔지는 몰라도 같이 있어 볼라고요.

전봉준 네가 무엇을 보고 듣고 느꼈든 절대 잊지 말거라.

이복룡 아까침에 소잡이 부부를 봤어요.

전봉준 우리 모두 봤다.

이복룡 (동록개에게 맞은 곳을 만지며) 한 대 맞응게 정신이 번쩍 나더만요.

소리쇠 네놈에겐 매가 약이었나 보구나.

이복룡 엄니 생각이 간절허네요. 맨날 저헌티 그렸거든요. 대체 머시 될라고 그러냐? 눈 똑바로 뜨고 댕기라. 썩은 동태눈깔같이 멍히 가꼬 이 험난헌 세상을 어치게 살래? 아부지 잘 피해 댕기고. …. 거적에 말려 지게 타고 실려 간 우리 엄니….

전봉준 싸움이 끝나면 꽃상여라도 태워 드리자.

이복룡 송장도 없는디요? 아부지가 어디 버렸는지도 말 안 히서…. 어디서 어느 짐승헌티 뜯어 먹혔는가….

전봉준 내가 네 어머니 이름을 써 주마. 그걸 상여에 넣자.

소리쇠   소리는 내가 해줌세. 소잡이 부부며 여기서 살아난 농민군
          들이 상여꾼도 허고, 곡도 해주것제. 긍게 잘혀. 툴툴거리
          지 말고.

이복룡   고맙구만요. 장군님, 엄니 무덤도 만들어 주실 건가요? 지
          는 뭘 할까요? 꽃을 심을까요? 어떤 꽃을 심을까요?

전봉준   그 마음이면 됐다. 어머니를 가여워하는 마음만 변치 말거
          라. 그럼 온갖 들꽃이 지천으로 필 게다. …. 이제 가서 쉬
          어라.

소리쇠   내일은 또 귀한 목심들이 얼매나…. 허망하고 원통헙니다.

전봉준   죽음이 두려운가?

소리쇠   두렵지 않은 목숨이 어디 있겠습니까.

전봉준   목숨은 소중하지만 조금 당길 때가 오거든 그리하는 것이
          사내의 일. 우리는 살기 위해 싸울 것이오. 죽음으로 영원
          히 사는 길을 선택할 것이오.

소리쇠   명심허것습니다. 그리고 저 아이는….

전봉준   복룡아, 너는 전투에 나가지 말고 성에 있어라.

이복룡   싫습니다. 싸우러 왔는데, 싸워야죠.

전봉준   너무 어리다.

이복룡   그게 무슨 상관입니까? 제가 보통 사내의 서너 몫은 합
          니다.

소리쇠   장군님 말씀 들어라.

전봉준   힘이 세다고 전투에 나갈 수 있는 것은 아니다.

이복룡   사람들에게 힘이 되고 싶습니다.

전봉준   …. 그렇다면 내 곁에 있거라.

이복룡   장군님 뒤에 숨어 있으라고요? 그건 싫습니다.

전봉준 그게 아니다. 내 곁에서 대장기를 들거라.

이복룡 대장기요?

전봉준 그래. 네가 흔드는 깃발로 우리의 함성이 끈질기게 이어지도록 해라.

이복룡 제가 어떻게….

전봉준 이복룡에게 명한다. 깃발을 흔들어라.

이복룡 예.

- 농민군 함성
- 인형극 무대는 완산전투가 벌어지는 현장으로 바뀐다. 관군과 동학군의 인형을 든 최미영, 박순정, 김문단, 홍아영. 관군과 동학군이 밀고 당기는 전투는 노란 천과 푸른 천으로 대신한다.
- 중앙에는 전봉준(전기준), 동록개(도광수), 소리쇠(소민철), 이복룡(이목련)이 각자의 조명 아래 있다.

전봉준 꼭두새벽, 곤히 자는 어린 자식을 뒤로하고, 우리는 비장한 각오로 이 자리에 섰소. 전라도 곳곳서 모인 만백성은 기필코 우리 땅과 우리 밥과 우리 부모와 우리 처와 우리 자식이 사람답게 사는 길을 지켜내겠다는 각오로 이 자리에 섰소. 나와 뜻을 같이하는 사람은 모두 함성을 지르시오.

최미영 (설명하듯) 5월 3일. 마지막 전투의 시작은 달랐어. 동학군이 공격을 달리한 거지. 경군 본진이 완산칠봉과 용머리고개에 있는 것을 알았으니까.

전봉준 우리는 백성의 생명을 보호하는 일에 무능한 이 나라, 백성을 버린 이 나라의 자존을 위해 싸울 것이다.

이복룡　(깃발을 흔들며) 총을 드시오. 칼을 드시오. 낫을 드시오. 쇠스랑을 드시오. 동지들과 당당하게 나갑시다. 거침없이 나갑시다.

소리쇠　아따, 우리 복룡이 출세히버릿네. 씩씩한 복룡아, 깃발 더 흔들어버리라.

동록개　진짜 장사가 됐구만, 소년장사여, 소년장사.

이복룡　아제들, 성님들, 욕보쇼.

최미영　동학군은 전주천 건너 완산칠봉 북쪽인 유연대를 공격했어. 농민군의 대대적인 공격을 받은 경군은 남쪽으로 도망. 농민군 다가산 점령. 다시 추격. 경군은 계속 이겼으니까 방심하고 있었을 거야. 농민군은 용머리고개를 가로질러 경군의 본영까지 바짝 다가갔어.

이복룡　우리가 기세를 잡았어요. 관군들이 용머리고개로 물러나고 있어요.

소리쇠　맴 단단히 먹었제? 오늘은 기언시 완산칠봉 날망까장 가자고.

동록개　오늘은 이상허고만요. 어찌 대포도 많이 안 쏜대요?

이복룡　관군들 정신 차리기 전에 퍼뜩 올라가자고요.

동록개　니들이 아무리 소나기처럼 총을 쏘고, 우박처럼 포탄을 내리꽂아도 우리는 끄떡없다. 소년장사 복룡이가 앞에 있응게.

소리쇠　아따, 쬥일 뛰댕깃드니 배고파 죽것네.

동록개　완산칠봉 날망서 밥 지어 먹게요. 먼저 죽은 동지들도 배고플 팡잉게, 고봉으로 떠놔야 안 허것어요?

소리쇠　거, 좋은 생각이네. 그믄 장군봉 날망서 보세.

이복룡　지금이오. 적군을 추격합시다. 눈 똑바로 뜨고 따라오시오.
　　　　　관군 몰아내고 날망서 만납시다.

　• 농민군의 함성

최미영　그때였어. 농민군이 완산칠봉을 오르려던 순간.

　• 김문단이 홍계훈의 인형을 들고 연기한다.

(홍계훈)　포병대를 전면에 배치하라. 기관총을 쏴라. 유산탄을 퍼부
　　　　　어라. 동학군을 짓뭉개라.

　• 총소리, 대포소리, 비명, 아비규환의 소리들.

최미영　보병대의 레밍턴 롤링블럭과 개틀링 기관총의 집중사격.
　　　　　견디다 못한 동학군은 한 발 두 발 물러설 수밖에 없었지.
　　　　　쉬웅, 꽝! 쉬웅, 꽝! …. 장군봉에서 삵의 눈빛을 닮은 관군
　　　　　이 누군가에게 총을 겨누고 있어. 숨을 참고, 하나, 둘, 셋.
　　　　　탕! 총알은 누군가의 왼쪽 다리에 명중.

　• 전봉준이 쓰러진다. 이복룡이 전봉준을 안는다.

전봉준　걱정 마라. 이걸로는 안 죽는다. 복룡아, 깃발을 흔들어라.
　　　　　이따위로 농민군의 사기가 꺾여선 안 된다.
이복룡　(깃발을 흔들며) 농민군은 들으시오. 나의 죽음, 우리의 죽음

이 제 뱃속만 채우는 탐관오리들을 척결하고, 사람 목숨을 함부로 여기는 자들을 꾸짖을 수 있다면 나도 죽음 앞에서 머뭇거리지 않겠습니다. 나와 함께하시겠습니까?

다같이 나는, 우리는, 당당하게 죽음의 길을 택할 것이다!

- 총소리, 대포소리, 비명, 아비규환의 소리들.
- 포탄 터지는 소리. 대포의 파편에 맞은 이복룡이 쓰러진다.

이복룡 나는… 사람을 구하기 위해…. 사람을 죽이지 않기 위해 내가 먼저 죽을…. 어머니, 아! 어머니….

다같이 복룡아! 복룡아!

소리쇠 (판소리 가락으로) 우리 모두 벼 이삭처럼 쓰러지더라도 한 무더기 꽃으로 다시 피고 다시 피어날 것이니, (구음) 아!

전봉준 (왼쪽 다리에서 피를 흘리며) 아! 너무 많은 사람이 죽었구나. 김순명 장군이여! 참모 선판길이여! 곽 장군, 정 장군이여! 소년장사 이복룡이여!

- 농민군들의 구음 같은 노래가 낮게 깔린다. '가보세, 가보세, 가보세. 가보세, 가보세, 가보세. 민심은 천심, 천심은 민심. 다시 개벽, 다시 또 개벽.'
- 인형극 무대에 홍계훈(김문단) 인형.
- 전봉준은 쓰러진 자리에서 일어나 앉는다. 소리쇠가 곁에 선다.

(홍계훈) 총상을 입었다고 들었는데….

전봉준 아직 죽지 않았소. 할 일이 남았다는 하늘의 뜻이겠지.

(홍계훈) 대장기를 들던 아이가 죽었다지?

전봉준 소년장수 이복룡이오.

(홍계훈) 어린아이까지 전쟁터로 내몰아야 했소?

전봉준 내가 묻고 싶은 말이오. 어린아이까지 전쟁터로 내몰아야 했소?

(홍계훈) 여전히 말이 통하지 않는군. …. 더 이상은 어려울 것이다. 그만 항복하라.

전봉준 패전의 타격은 크오. 그러나 우리는 죽음으로 농민군의 사기를 일으킨 소년장수 이복룡을 위해서라도 끝까지 싸울 것이오. (큰 소리로) 나의 죽음이, 우리의 죽음이, 모두가 평등한 세상을 만들지는 못해도 우리와 똑같은 꿈을 꾸는 또 다른 사람들을 만들 것이오.

- 농민군의 처절한 함성과 낮은 음악이 이어진다.
- 동록개와 언년이가 터덜터덜 걷다가 뒤돌아보고 멈춘다.

동록개 (큰 소리로) 복룡아, 복룡아! 엄니 만났냐? … (절한다) 천지가 좋아지든 니랑 니 엄니랑 꽃상여 태워줄랑게 기둘려라.

언년이 (울다가 멈추고) 꽃상여? 웬 꽃상여 타령이여?

동록개 약속혔거든. 복룡이랑 우들이랑. 누가 먼저 죽든 남은 사람이 해주기로.

언년이 당신도?

동록개 그려.

언년이 나도?

동록개 그려.

언년이 홋, 백정헌티 상여가 가당키나 혀요?

동록개 동학 세상이 되믄 양반이고 백정이고 없다고 안 혀? 그런 세상이 오믄 복룡이도, 언년이도 꽃상여 태워주고, 못자리도 존 디로 히주제.

언년이 못자리? 말만 들어도 좋네.

동록개 동네 사람들헌티 들에 핀 꽃 한 송이씩 꺾어 오라고 말헐 거여. 저승 노잣돈으로 꽃 뿌림선 가고, 상여에 꽂아놓으믄 얼매나 이쁘것어. 참말로 고운 들꽃상여가 될 것잉만.

언년이 들꽃상여요? 좋네, 좋아. 내 상여는 만경강 변서 태워주소. 나는 훨훨 날아갈 것잉만. 사람이 죽으면 산천의 꽃으로 다시 태어날 것잉게 어느 무덤이든 가상에 핀 패랭이꽃 보믄 난 줄 알고. (큰 소리로) 복룡아, 니 덕에 나도 상여 탈랑갑다. 우리가 어떤 꽃으로 필랑가 모르지만, 알은체는 해야 안 허겄냐. 그믄, 이승이든 저승이든 눈 똑바로 뜨고 댕기자, 잉.

소리쇠 (판소리 가락으로) 우리 모두 죽더라도 우리 이름 살 것이라. 우리 목숨의 혼불이 눈물 나는 꽃빛으로, 찬연히 퍼지는 들불로 영원히 피어나리라. (구음) 아!

전봉준 (일어서서) 전라도 농민군은 충청도와 경상도의 농민군과 만나고, 경기도와 강원도, 황해도와 평안도의 농민군과 연합해 임금이 있는 한양으로 진격할 것이다. 조선을 구할 것이다. 하늘 같은 조선의 백성을 구할 것이다.

• 낮게 깔리는 농민군들의 구음 같은 노래. '가보세, 가보세, 가보세. 가보세, 가보세, 가보세. 민심은 천심, 천심은 민심. 다시 개벽, 다시 또

개벽.'

• 암전.

8막 〈들꽃의 넋〉

- 적막 속에서 들리는 뉴스(전주문화방송 2019년 6월 1일).

(E·뉴스) 유골함을 든 엄숙한 행렬이 무명 농민군의 한스러운 일생
을 위로합니다. …. 전주역사박물관에서 시작된 행렬은 동
학군이 입성했던 풍남문, 동학군과 관군이 치열한 전투를
벌였던 완산칠봉을 거쳐….

- 무대 가득 들꽃이 피어 있다.
- 주위에 △폭정으로부터 백성을 구하라 △외세의 침략을 배격한다 △
사람이 하늘이다 △잘 가시오, 그대여 △이제는 돌아와 평안 속에 잠
드소서 △우리는 파랑새를 보았다 △바로 서는 역사, 다가서는 통일
△아! 너무 긴 기다림 등이 새겨진 만장이 펼쳐진다.
- 배우들이 장식되지 않은 상여를 들고 나온다. 상여에는 언년·이복룡·
동록개·소리쇠를 비롯해 많은 사람의 이름이 쓰여 있다.
- 배우들이 상여를 한가운데 놓고, 한 사람씩 들꽃을 상여에 놓는다.

전기준 하늘 높이 만장을 앞세우고, 땅이 울리도록 요령을 울리며,
험난한 시절 당신의 걸음처럼 힘차고 당당하게 한 발 한
발 내딛습니다.

이목련　같은 날 같은 곳에서 같은 이유로 죽어야 했던 이들을 위해.

소민철　이름도 흔적도 없이 산화한 이들과 휩쓸려 죽은 아이들과 여인들을 위해.

도광수　자신의 모든 것을 바치고도 이름 한 줄 제대로 남지 않은 이들을 위해.

김문단　너무 늦었지만, 세상에서 가장 고운 상여를 띄웁니다. 아름다워서 더 슬픈 꽃상여.

박순정　비와 눈과 바람을 이겨내고 피운 세상의 모든 들꽃으로 덮인 들꽃상여.

홍아영　동학농민의 함성이 우거졌던 전주 땅이 이제 당신을 껴안습니다.

최미영　그대가 살았던 들과 강과 산과 바다에 입을 맞추고 이제 저 하늘로 훨훨 날아가소서!

• 배우들이 들꽃으로 덮인 들꽃상여를 든다.

다같이　꽃이여. 백성의 꽃이여. 넋이여, 백성의 넋이여. 시대를 밝힌 들꽃의 넋이여. 아, 사람 사는 세상이여.

• 배우들 모두 하늘을 바라본다. 하늘이 차고 명징하다. 암전.

거두리로다

이보한과 전주 3·1운동

「거두리로다」를 읽기 전에

• '이거두리', '거두리참봉'으로 불린 이보한

이보한(1872~1931)은 자비로운 선행과 투철한 민족의식으로 전주 사람들의 존경을 받던 걸인 성자다.

어려서 열병을 앓다가 한쪽 눈을 잃은 그는 반골 기질이 강했고, 교회에 다니면서도 제도권 교회 밖에서 파격적인 전도 행보를 보여 여러 일화가 전한다. 거지들을 끌고 부잣집만 골라 다니며 거둬 먹였고, 교인 변호사를 찾아가 천국에 달아두라며 돈을 빌려 거지들을 먹였다. 상갓집에 찾아가 곡을 하고 받은 품삯을 거지들을 위해 썼다.

그의 애국적이고 해학적이며 교훈적인 일화는 더 많다. 아버지가 소작인들의 빚을 받아 오라고 했는데 오히려 빚을 탕감해 주고 돌아온 이야기, 나무를 팔지 못한 나무꾼들을 부잣집에 데리고 다니면서 팔아준 이야기, 부잣집 아들과 거지의 옷을 바꿔 입힌 이야기, 거드름 피우는 서울 양반들에게 '줄뺨'을 돌린 이야기 등이다.

3·1운동 때는 서울로 거지들을 끌고 올라가 만세를 불렀다. 수원과 천안을 거쳐 전주로 내려오면서도 만세운동에 참가했다. 전

주 만세시위 때는 거지들을 동원해 독립선언서와 태극기를 날렸고, 이후에는 거지와 기생들이 모은 독립운동 자금을 상해 임시정부에 보내기도 했다.

전주·전북과 관련해 깊이 있는 향토사 저서들을 발간한 향토사학자이자 서예가인 작촌 조병희(1910~2002)는 이보한을 가리켜 "시대적으로 불우한 환경 속에서도 지기(志氣)를 꺾이지 아니하고 초지일관으로 한 생애를 마친, 전주가 낳은 인물이다."라며 "망국의 어지러운 시대에 가슴속에 깊이 품고 있는 신념을 행동에 옮기기 위하여 광인(狂人)처럼 한 생애를 살다가 떠난 사람, 걸어온 길이 뚜렷하여 한 시대를 계몽하는 데 이바지한 사람이 있다면 민족 앞에 내세워 귀감으로 삼아야 할 일이다."라고 강조하곤 했다. 실제로 일제강점기에 이보한의 이름은 전국적으로 알려져 '전라기인(全羅奇人)'이라 불렸으며, 전주에서는 의인(義人)으로 추앙되었다.

그가 죽고 난 후, 전라도 거지 수백 명이 몰려와 상여를 꾸미고, 장례 절차를 주장해 한국 초유의 '걸인장(乞人葬)'이 열리기도 했다. 걸인들이 돈을 추렴해 세운 묘비 '이공 거두리 애인비(李公 거두리 愛人碑)'에 "한평생 온후하고 자비로운 성품, 굶주리고 헐벗은 자를 보면 옷을 벗어주고 밥을 먹여 주었네."라고 기록됐다. 그가 '거두리'란 별명을 얻은 것은 늘 거리에서 큰 소리로 "거두리로다, 거두리로다. 기쁨으로 단을 거두리로다."라고 찬송가를 부르며 전도했기 때문이다.

「거두리로다」는 지기가 꺾이지 않던 호활(豪活)한 남아, 이보한의 삶을 다룬다. 특히, 1919년 3·1운동을 전후로 서울과 전주에서 활동한 행적을 중심에 둔다. 일제강점기 전주, 들풀 같으면서도 동구 밖 정자나무처럼 버티고 서 있던 한 사람과 그를 둘러싼 전주 사람들이 이야기의 중심에 있다.

걸어온 자취가 곧고 진실하고 아름답고 진취적이며 흥에 겨운 그의 삶은 작품에 그대로 녹아든다. 시대적 배경은 어둡지만, 작품 속 상황과 대사에 유머와 위트가 넘치는 것은 이 때문이다. 이 작품에는 그가 자주 불렀다던 찬송가를 비롯해 전주 지역 민요인 나무꾼노래, 품바타령 등이 나온다. 그의 삶에는 그가 살았던 시대가 투영돼 있는 것이다.

• 「거두리로다」를 쓰면서

「거두리로다」를 쓴 것은 2018년 봄과 여름이다. 그러나 이 작품은 이보한의 삶처럼 우여곡절이 많았다. 이보한을 탐구하며 그를 둘러싼 극적인 상황들에 안타까웠고, 전주 경기전 참봉 이야기에 끌렸으며, 전국 어디에도 없을 전주만의 3·1만세운동에 설렜다. 특히, 2019년 3·1운동 100주년을 앞두고 이보한과 전주만의 풍자와 익살과 흥이 가득했을 3·1만세운동을 세상에 알릴 수 있을 것이라 기대했다.

그러나 유쾌하게 이어졌던 작업은 공모전을 주최했던 어느 단체의 불합리하고 부정한 일 처리에 막혀 무대에 올릴 기회를 얻지 못했다. 그들의 변명은 지루했고 구차했지만, 그 역시 이보한의 삶을 닮은 것 같아 훌훌 털어버리기로 했다. 「거두리로다」는 이후에도 좀처럼 무대에 오를 기회를 얻지 못하다가 6년이 지나서야 세상을 만났다.

「거두리로다」는 2023년 9월 5일 우진문화공간 무대에 올랐다. 공연은 걸인들이 준비한 장례식 장면으로 시작한다. 이보한의 죽음을 슬퍼하며 상여가를 메기고 받는 걸인들에게 따박골네는 "내

장례 치르는 날은 흥겨운 판이 되도록 해주소! 정성스럽고 융숭하게, 술도 많이 빚고, 떡도 많이 찌고, 되야지도 삶아서, 그날 하루만이라도 너나없이 온 동네가 풍족하게 노나 먹는 걸판진 날이 되도록 해주소!"라는 이보한의 뜻을 전한다. 그리고 고인이 가르침을 주었던 곳곳을 찾아 노제를 지내며 이보한이 들려준 말과 보여준 행동을 만천하에 널리 알리자고 제안한다. 그것이 이보한이 영원히 사는 길이기 때문이다. 그렇게 노제가 시작되면서 본 작품의 막이 열린다.

극단 '까치동'이 제작했으며, 연출 정경선, 예술감독 전춘근, 기획 정성구, 배우 소종호·조민지·이건일·이우송·박필순이 참여했다. 오직 무대 하나만을 바라보고 차곡차곡 공덕을 쌓은 이들의 미래가 더 밝을 것을 믿는다.

• 때 · 곳
• 1919년 1월~4월, 장소는 감옥(서울)과 거리(전주)

• 등장인물
• 이보한(48), 솔가지, 따박골네, 서장, 박참봉, 헌병대장, 순사, 군인들

• 무대
• 작품 속 장소는 감방 안과 거리 두 곳이다. 별다른 무대장치나 배경은 없어도 되며, 감방은 철문을 세워 구별하는 정도다. 마당극처럼 원형을 만들고 배우들이 둘러앉았다가 나와서 연기를 하는 것도 좋다. 어느 곳에서나 관객과 함께 어울리며 불편함 없이 올릴 수 있는 작품이기를 바라기 때문이다.

• 구성
• 1막 〈이천 겨레의 아픔, 거두리로다〉
　　1장 〈미치광이 애국자〉
　　2장 〈경기전 참봉〉
　　3장 〈나무꾼의 친구〉
　　4장 〈더 미쳐야겠다〉
• 2막 〈대한 조선 만세, 거두리로다〉
　　1장 〈전주 삼일독립만세운동〉
　　2장 〈가장행렬 만세운동〉
　　3장 〈이공 거두리 애인비〉

1막 〈이천 겨레의 아픔, 거두리로다〉

1장 〈미치광이 애국자〉

- 감방 안. 어둠 속에서 침울하고 장중한 분위기의 음악이 들린다. 철문을 여닫는 날카로운 소리가 들리면서 음악이 멈춘다.
- 코 고는 소리가 작게 들리다가 조금씩 커진다.
- 무대 밝아지면, 검은 안경을 쓴 이보한이 모정에서 낮잠 자듯 코를 골며 자고 있다. 코 고는 소리가 "대한독립만세" 하는 말과 비슷하게 들린다.
- 솔가지는 이보한 곁에서 몸을 웅크린 채 자고 있다.
- 따박골네는 고개를 갸웃하며 이보한과 솔가지를 살펴보다가 구석으로 가서 금세 꾸벅꾸벅 존다.
- 순사가 철문 틈 사이로 이보한을 본다.

순 사 (곤봉으로 문을 두드리며) 조센징노 빠가야로!

- 솔가지와 따박골네가 놀라서 깬다. 솔가지가 이보한을 깨우지만, 소용없다.

이보한 (말하는 듯 코 고는 듯) 내 나라 내 땅에서… 낮잠… 염치없는 순사… 니가 빠가….

순 사 (곤봉으로 문을 때리며) 당장 일어나라.

이보한 (코 고는 듯 말하는 듯) 너는 네놈 나라 가서 자라, 빠가~ 사리.

• 화가 난 순사가 문을 열고 들어온다.

• 솔가지는 구석으로 피하고, 따박골네는 이보한과 순사를 맴돌며 유심히 본다.

• 순사가 이보한 곁에 쪼그려 앉아 노려본다. 곤봉으로 이보한을 툭, 툭, 친다.

순 사 게으르고 더러운 조센징. 일어나라, 일어나란 말이다.

이보한 (벌떡 일어나서 눈을 맞추며) 일어났다. 어쩔래? (놀란 순사가 넘어지고) 나에게 볼일 있냐?

순 사 애꾸눈이 미쳤구나.

• 순사가 곤봉으로 이보한의 왼쪽 어깨를 때린다.

이보한 아이고, 아이고. 아프다, 이놈아. 그만 때려라.

솔가지 왜 자꾸 왼쪽 어깨만. (달려와 이보한을 감싸며) 순사 나리, 왜 때린 데를 또 때리고, 또 때리고 그러신대요?

순 사 (솔가지를 때리며) 이놈도 같이 미쳤나?

이보한 여보시오, 세상 사람들아. 이 못된 순사 놈이 애먼 사람 잡소.

• 순사가 이보한과 솔가지를 때린다. 두 사람 쓰러진다.

순 사	이제 정신이 드나?
이보한	(일어나서 눈을 맞추며) 내 정신은 늘 말짱했다, 이 못된 순사 놈아.
순 사	마음껏 지껄여라. 곧 찍소리도 못 할 것이니.
이보한	찍소리는 원래 안 한다. 나는 쪽발이 쥐새끼가 아니거든.
순 사	(어처구니없다는 표정을 짓고) 너희가 불법 시위를 한 걸 알고 있겠지?
이보한	내가 내 나라 삼천리금수강산에서 내 다리로 걸어 다닐 때도 허락받나? 한 발짝마다 허락받나, 두 발짝마다 허락받나? 근디, 허락받으러 갈 때는 누구한테 어떻게 허락받고 가지?
순 사	정말 시끄럽군. 너희들이 다니면서 외친 말들이 문제다.
이보한	내가, 내 나라 삼천리금수강산에서 내 입으로 만세, 만세, 외쳤는데, 그것도 불법이냐? 말 한 마디 헐 때마다 허락받나, 말 두 마디 헐 때마다 허락받나? 조선 땅에서 조선말로….
순 사	조선? 조선은 없다. 조선은 대일본제국의 식민지다.
이보한	조선이 일본의 식민지라면서. 근디 왜 조선이 없다고 그려?
순 사	조센징노 빠가야로!
이보한	방금 나한티도 조선 사람이라고 했지? 근디 왜 조선이 없다고 그려?
순 사	빠가야로! (곤봉으로 때리려다 숨을 고르며 참고) 불법 시위를 주도한 자가 누구냐?
이보한	그것이 궁금했어? 진즉 물어보지.

순 사	(반갑게) 실토하겠다는 건가?
이보한	까짓것, 말해주지 뭐. 근디, 네놈한테 말할 사안이 아니다. 젤로 높은 놈을 불러라.
순 사	건방지다, 조센징.
이보한	아주 중요한 거야. (귀엣말로) 주모자를 알려주는 일 아닌가?
순 사	역시 조센징이군. 서장님을 모셔 오겠다.
이보한	(나가려는 순사를 잡고) 잠깐! 우리 꼴을 보시게. 이 몰골로 어찌 하늘같이 높으신 서장님을 뵙겠는가? (순사가 훑어보면) 우선, 좀 넓고 깨끗한 곳으로 옮겨주게. (순사를 살피다가) 싫은가? 그러면, 먹을 것을 좀 주게. 며칠 못 먹었더니 입이 떨어지질 않네. 말이 안 나와. 전라도 산해진미 진수성찬은 바라지도 않으이. 그저 배를 채울 무어라도 좀 가져다주시게. 뭐 하시는가? 서두르시게.

- 순사가 나갔다 들어와 주먹밥 몇 덩이를 주고 나간다.
- 이보한과 솔가지가 주먹밥을 나눠 먹는다.
- 따박골네가 음식을 보고 다가온다. 군침을 흘리면서도 먹는 것을 구경만 한다. (따박골네는 있는 듯 없는 듯 환상적인 존재다.)

솔가지	참봉 나리, 왜 그러셨습니까요?
이보한	무얼?
솔가지	주모자를 밝히겠다고요.
이보한	자네도 모르는가?
솔가지	무얼요?
이보한	주모자.

솔가지 모르지요. 저야, 참봉 나리가 가시니 따라갔고요, 손을 드시니 따라 들었고요, 만세를 외치시니 따라서 '만세' 하고 외쳤고요.

이보한 잘했네. 먹기나 하게. 따라쟁이. 하하하.

• 이보한과 솔가지가 주먹밥을 먹으며 자연스럽게 노래를 흥얼거린다. 이 노래는 찬송가 〈새벽부터 우리〉의 음을 활용한 노래 가사 바꿔 부르기다. 이보한이 평소 자주 불렀다고 알려졌으며, 그의 별칭이 탄생한 배경이다. 이 작품에서는 '전주음식', '나무꾼노래', '우리나라만세'를 주제로 가사를 일부 바꿔가면서 다양하게 쓰인다.

이보한 모처럼 곡기가 들어가니 고향 생각이 더 나는군.

○〈거두리로다_ 전주음식〉

(이보한) 전주 여인네들 손맛 인정 좋아 전주음식 정말 끝내줍니다

(솔가지) 대충 차려도 만찬, 먹고 나면 극찬, 식은 밥도 성찬 되더랍니다

• 순사가 서장을 데리고 들어온다.

서 장 실토하겠다고? 주모자를?

이보한 좀 기다리시오. 아직 다 안 먹었으니.

• 순사가 달려와 음식을 뺏는다.

이보한   다 안 먹었다니까. (다시 가져와서 먹고) 조금만 기다리게. 시
         장이 반찬이라 이것도 먹을 만하구나.

• 이보한과 솔가지가 다시 흥얼거리면서 음식을 먹는다.

   (다같이)   거두리로다 거두리로다 거두어서 모두 나눠
              주리다
              거두리로다 거두리로다 거두어서 모두 함께
              듭시다

• 입술을 깨물고 지켜보던 서장의 화가 돋을 무렵.

이보한   어, 잘 먹었다!
서 장   돼지 같은 조센징.
이보한   알았다, 알았어. 트림만 허고. 꺼억, 꺽. 한데, (순사에게 나가
         라고 손짓하며) 단독 면담이라고 했는데….

• 순사가 곤봉을 세우고 다가온다. 솔가지와 따박골네가 피한다.
• 이보한이 우스꽝스러운 몸짓으로 순사 앞에 종주먹을 들이댄다.

서 장   당돌하구나. (순사를 보고) 너희는 잠시 나가 있어.

• 순사가 솔가지를 끌고 나간다. 솔가지는 끌려가면서도 계속 음식을 먹
  는다.
• 따박골네는 이보한과 서장을 맴돌며 유심히 살핀다.

서 장	거지 같은 조센징.
이보한	(무척 궁금하다는 표정으로) 일본은 돼지의 나라요, 거지의 나라요?
서 장	무슨 말인가?
이보한	그대들은 조선 사람도 일본 백성이라고 하지 않았소? 헌데, 일본 백성을 돼지 같고 거지 같다고 하니 말이오. 일본은 돼지요, 거지요?
서 장	나와 말장난을 하려는가?
이보한	말장난은 무슨…. 난 그냥 이해되지 않는 것을 말했을 뿐이요.
서 장	네가 말해야 할 것은 따로 있다.
이보한	아하! 주모자를 대라, 이 말이지?
서 장	그렇지. 바른대로 대라. 이미 다 알고 있으니까.
이보한	알고 있다고? 그럼 내가 말 안 해도 되겠네.
서 장	말해라. 확인하려는 것이다.
이보한	그럼 서장이 알고 있는 것을 먼저 말해주면 좋겠소.
서 장	빠가야로. 어서 아는 것을 말해라!
이보한	어허, 참.
서 장	주모자가 누구냐? 지금 어디에 있지?
이보한	주모자… 에… 그 양반, 성은 주씨요, 이름은 예, 수. 보통은 하나님이라고 하지.
서 장	뭐라고?
이보한	귓구녕에 대고 다시 말하리다. 주모자는 주예수 그리스도. 하나님, 지저스 크라이스트. 사는 곳은 (하늘을 가리키며) 저어기, 구만리장천이오.

서 장　이런 미친놈. 뜨거운 맛을 봐야겠구나. (밖을 향해) 이자를 끌고 가라.

- 이보한은 호탕하게 웃고, 화가 난 서장은 나간다.
- 철문 여닫는 소리 크다. 조금씩 어두워진다.

2장 〈경기전 참봉〉

- 감방 안. 솔가지와 따박골네가 문을 보고 쪼그려 앉아 있다.

따박골네　(무심하게 툭) 눈은 어찌 그리되셨다오?

솔가지　(던지듯이 툭) 어릴 적으 안질에 걸리싯다데.

따박골네　안질이라고 다 애꾸 되간디?

솔가지　서모가 안질 걸린 눈에 된장 바르면 낫는다고 기언시 된장을 발랐다가 그랬다지.

따박골네　서씨 중에 그리 못된 사람은 없는디.

솔가지　성이 서씨가 아니고, 아버지 첩을 서모(庶母)라고 혀.

따박골네　아, 첩! 고것 심보가 심봉사 재산 말아먹고, 황봉사랑 줄행랑친 뺑덕어멈 같으네.

솔가지　그짝도 첩 때문에 쫓겨났는가?

따박골네　시상에 첩 좋아하는 여자가 어디 있다요.

솔가지　누군 태어날 때부터 첩이간디. 글도 그짝 말이 틀린 것은 아녀. 쑥고개 너머 김씨 댁 봉게, 첩도 첩을 싫어라 하등만. (주저리주저리) 거시기 그 냥반 각시가 셋인디, 둘째가 셋째를 그렇게 시기허고 질투혀. 맨날 머리끄덩이 붙잡고 쌈질을 헝게, 김씨 양반 말년이 참, "내가 참말로 더는 새 각시 안 보고 눈을 딱 감고 죽어버려야 쓰것다." 노상 그러드만. 근디 또 얼마 전에는 "넷째 각시를 보믄 짝수로 편이 맞은게 서로 편 먹고 재미지게 살랑가?" 또 그러고.

• 순사가 지나가며 곤봉으로 문을 탁, 탁, 친다.

순 사 입 다물어. 혼자서 뭘 그리 지껄이는 거야? 너희 조센징은 말이 너무 많아.

솔가지 내가 언제 말이 많았다고. (순사가 노려보면 굽실거리며) 아, 예, 예. 이 주둥이가 지 맘대로 움직여 싸서. 근디, 우리 어르신은….

• 순사가 대답 없이 나간다.

따박골네 (혀를 차고) 그짝네 어르신은 기백이라도 있드만, 댁내는…. 그 냥반, 눈만 멀쩡혔어도 큰 인물 됐을 것인디.

솔가지 한쪽 눈 없다고 큰 인물 안 된당가?

따박골네 암만 그리도, 한 눈 멀믄, 반만 뵈는 것잉게.

솔가지 한 눈 멀어도 우리보다 더 많이 보고, 넓게 보고, 멀리 보시는 냥반이 쎘어.

따박골네 헤에, 쎘긴?

솔가지 십 년도 넘었는디, 전주서 아전 허셨든 의병장 백낙구 장군님도 맹인이셨어. 을사년에 큰 난리 있고, 이듬해 광양

백운산서 의병을 일으키셨지.

따박골네　맹인이 의병을 일으켰어?

솔가지　아니. 지독헌 눈병 걸려서 거그서 요양허시다가 눈이 멀었당게. 이태 뒤에 체포돼서 모진 고문 받고.

따박골네　아이고, 아이고. 어째야 쓰까?

솔가지　아녀, 아녀. 당당힛어. 재판서 이러싯다데. (일어나서) "너희 왜놈들은 조선의 국권을 강제로 침탈힛다. 그 원흉은 이토 히로부미다. 나는 민족의 흉악헌 원수, 이토 히로부미를 체포히서 대마도에 유폐당한 면암 최익현 선생을 구출할라고 힛다." 이 같잖은 왜놈들아!!! 여그서 같잖은 왜놈들아는 내 말이여.

따박골네　참말로 간이 쇠아치 불알만 허신 분이고만.

솔가지　그때 15년 받고 어디 섬에 유배됐다가 어찌어찌 순종 임금님이 살리줘서 풀려났는디, 그새, 전주서 의병에 또 뛰어든 거여. 섣달그믐에 태인서 일본 군대랑 싸우다가 총 맞고 돌아가싯구만.

따박골네　(한숨 쉬고) 객사허싯네.

솔가지　여편네 말하는 꼬락서니 허고는….

따박골네　내가 뭣이. 눈멀라믄 심봉사멘치로 멀어야 쓴디. 맹인 팔자는 심봉사가 제일 아녀?

솔가지　심봉사가 아니라, 의병장 백낙구 장군님이나 우리 거두리 참봉님처럼 멀어야 쓴당게.

따박골네　심봉사는 딸 잘 둬서 말년까장 호강했는디, 여그는 한 냥반은 객사허시고, 한 냥반은 감옥소서 고생허시고.

솔가지　참말로 조선 땅은 어디 한 군데 서럽지 않은 곳이 없당게.

왜놈들이 우리 조선을 먹을 적으, 그짝은 어디서 뭘 허시었소?

따박골네 허긴 뭘 했겄어? 추우믄 나무해다 불 때고, 날 밝으믄 보리쌀 박박 긁고 옥시시 몇 알 넣어서 죽 끓이 먹고, 배 아프믄 똥 싸고, 똥 싸도 아프믄, 내 손은 약손, 니 배는 똥배, 그릿것지. 우리 같은 일자무식은 나라가 자빠지든 엎어지든 뒤집어지든 고꾸라지든 뭔 수가 나는 것도 아니고.

솔가지 하아. 참말로 무식허고 무심허고만. 우리 거두리 참봉 어르신은 말여. 전주 경찰서 정문 앞에서 목이 터지라 외쳤다고.

따박골네 뭐라고?

• 솔가지가 거두리 흉내 내듯 왼쪽 눈을 감고 양손을 입에 대고 외친다.

솔가지 (거두리를 흉내 내며) 이 때려죽일 왜놈들아, 어찌하여 넘의 나라에 와서 우리를 못살게 압제허느냐? 너희들은 천벌을 받으리라.

• 순사가 들어와 곤봉으로 문을 세게 친다. 솔가지가 놀라서 앉는다.

순 사 입 다물고 처박혀 있어. 말만 많은 조센징아.

솔가지 (눈치 보며) 재미도 없는 시상, 재미지게 살라고 그러지요. 근디, 우리 나리는요? 벌써 며칠째요.

순 사 우리도 지긋지긋하다. (곤봉으로 문을 툭툭 치며) 때려도 재미가 없어. 다른 놈 같으면 진즉 매타작에 머리를 조아렸을 텐데.

- 순사가 나가고, 두 사람은 눈치를 보며 이야기를 잇는다.

따박골네 (살피며) 애꾸 냥반은 겁도 없는가 비네. 아님 미쳤거나.

솔가지 차라리 미치는 것이 낫제. 미쳤다는 소릴 들어도 헐 말 허고 사는 것이 안 낫것어? 거두리 참봉 나리처럼 말이여.

따박골네 참봉, 참봉, 허는디, 그 냥반이 진짜 참봉 나리였어?

솔가지 하아. 시상이 어떤 시상인디 벼슬아치를 사칭혀!

따박골네 어디 참봉인디?

솔가지 경기전 참봉.

따박골네 전주 경기전?

솔가지 하아. 태조 이성계 대왕님 어진을 모신 곳.

따박골네 궁궐 지키는 참봉이시고만.

솔가지 하아. 참봉이래도 다 같은 참봉이 아녀.

따박골네 암만. 내가 무식허고 무심해도, 경기전 참봉 귀허고 귀헌 줄은, 젤로 잘 알지.

○〈경기전 참봉가〉

(**따박골네**) 경기전이 뭐신고 허니, 조선 태조 대왕 이성계의 영정을 봉안한 궁궐이라.

벼슬자리는 정오품 영(令) 한 명, 종구품 참봉 한 명을 두었는디, 참봉이 최말단 관직이래도, 입신양명.

경기전 참봉은 궁궐 밥 먹는 사람이니, 거드름

좀 피워도 된당게.

솔가지 궁궐 밥 먹으믄 더 조신허고 조심혀야지.

따박골네 건들건들 건들건들. 경기전 참봉은 거드름 좀 피워도 된
당게.

    (따박골네) 경기전 참봉은 청렴하고 어질고 바른 이들이
꼭 거쳐 가는 곳이라. 어떤 냥반들이 있었는지
어디 한번 들어보시겠소?

숭악허고 흉악허고 잔인헌 왜놈 탓에 조선왕조
실록 몽땅 불탄 임진왜란 적으, 조선 4대 사고
중 오직 경기전에 있던 전주사고 실록만 짱짱허
게 살아남았는데, 그때 궤짝 궤짝 정읍까지 피
난시킨 사람이 경기전 참봉 오희길이라.

임난 때 의병장 이정백과 변사정도 경기전 참
봉 출신이고, 순천서 일본군 화살 맞고 전사허
신 문계명도, 정유재란 의병장 이안국과 박광
전도 경기전 참봉 출신이니, 경기전 참봉은 호
국 의혈이라.

평택현감 조헌, 회덕현감 유성오, 안산군수 이
명달, 김제군수 김복억, 양성현감 윤제민, 병조
참의 서해조, 이조참의 신석번, 영의정 정경연도
경기전 참봉 출신으로 전주 살던 양반들이고,
만시 남긴 이황 후손 이야순, 역사지리서 동국
지리지 편찬한 한백겸도 경기전 참봉, 연안이씨

이석형과 그 아들 이징구는 대대손손 경기전 참
봉을 지냈다 하더라.

성리학자 우암 송시열의 아버지 송갑조도 경기
전 참봉. 실학을 집대성한 정약용 정약전 아버
지인 청백리 정재원도 경기전 참봉이라. 다산
정약용이 경기전 지나며 시 한 수 읊은 것도 다
그런 이유라지.

솔가지 (시조를 읊듯) 누각 궁궐 서울을 옮겨 놓았고 의관문물 사류
(士流)와 다름없구나. 임금 위엄 만백성 가슴 놀라고 사당
모습 천년토록 엄숙하구나.

(따박골네) 참봉 참봉 경기전 참봉 (참봉 참봉 경기전 참봉)
귀한 인물 낸 경기전 참봉
참봉 참봉 경기전 참봉 (참봉 참봉 경기전 참봉)
어질고 바른 경기전 참봉
참봉 참봉 경기전 참봉 (참봉 참봉 경기전 참봉)
자식도 잘 둔 경기전 참봉
건들건들 건들건들 경기전 참봉은 거들먹거려
도 되지.
건들건들 건들건들 경기전 참봉은 거들먹거려
도 되지.

• 어두워진다.

3장 〈나무꾼의 친구〉

- 감방 안. 솔가지가 '참봉 참봉 경기전 참봉' 흥얼거리면서 어깻짓을 하고 있다.
- 순사가 서류를 들고 들어온다.

순 사 또, 또, 또 시끄럽구만. 대체 너희 조센징들은 왜 이렇게 말이 많은 거야.

솔가지 우리 나리는요?

순 사 말도 꺼내지 마라. 우리도 힘들다. (곤봉으로 툭툭 건들며) 너희가 밖에서 무슨 일을 했든, 유치장에 들어온 이상 죄수다. 죄수는 인간이 아니다. 개돼지보다 못하다. 명심해라. (나가려다 돌아와서) 한 가지 묻겠다. (조심스레) 이보한이 전주에 가서 나무꾼을 챙겨야 한다고 하는데, 그게 무슨 말이냐?

솔가지 참말로. 거기서도 온통 나무꾼들 걱정이시구만요.

순 사 나무꾼들이 조직원인가?

솔가지 조직원이요? 그런 건 모르겠고요. (폼을 재며) 우리 참봉 나리는 나무꾼들의 벗이지요.

순 사 나무꾼의 벗?

솔가지 전주 근방 나무꾼들은 새벽에 꽁보리 주먹밥 한 덩어리 허리에 차고, 건지산, 황방산, 남고산, 도당산, 승암산, 곤지산, 가련산, 고덕산에 오르지요. 종일 땀 흘려 큰 나뭇짐 만들고, 삼사십 리 걷고 걸어 해거름, 전주 남문시장에 겨우 도착합니다. 그런데 어디 팔 곳이 있어야지요.

순 사 정말 시끄럽군.

- 순사가 도망치듯 나간다.

솔가지 마저 듣고 가셔야지요. …. 이를 어쩐다? 한번 터진 입을 쉽게 다물 수도 없고.

- 따박골네가 지게와 지겟작대기를 들고 나와 펼쳐 놓는다.

따박골네 어쩌긴 어째? 우리끼리 놀믄 되지. 참봉 어르신이 있어야, 전주 나무꾼들이 어찌 사는지를 쉽게 알 것이니, 내가 후딱 가서 참봉 어르신을 델꼬 와야긋네.

- 따박골네가 두 팔을 걷어붙이고 들어간다.
- 솔가지가 지게를 지고 나무꾼으로 변한다. 관객 몇 명에게도 지겟작대기를 나눠준다.
- 따박골네가 이보한을 데리고 나온다.

이보한 (작대기 든 사람들을 가리키며) 자네는 상관, 자네는 남관에서 왔구만. 자네들은 소양, 이서, 구이…. 모두 오늘도 나무하느라 애썼네. (한 사람을 가리키며) 자네는 옷이 너무 낡고 얇구면. 이래서야 어찌 험한 일을 하겠나. (윗옷을 벗으면서) 내 옷은 지은 지 얼마 되지 않았으니 바꿔 입는 것이 어떤가?

솔가지 (이보한을 말리며) 참봉님 옷이 더 낡았습니다요.

이보한 그런가? 내가 보기에는 내 옷이 더 좋은 것 같은데. 여튼, (창조로) 해는 서산에 지고, 배는 꼬르륵 쾅쾅, 꼬르륵 쾅쾅. 무거운 나뭇짐을 도로 가져갈 수도 없고 그렇다고 나무를 다시 심어놓고 갈 수도 없고. 허 참. 오늘도 어쩌겠나? 집합! 뭐 하나? 빨리 줄 서지 않고.

• 솔가지가 나무꾼(관객)들을 불러 모은다. 나무꾼들이 군대 훈련하듯 지겟작대기를 목총처럼 들고 구령 소리에 맞춰 한 바퀴 돈다. 따박골네도 나무꾼을 흉내 내며 앞선다.

이보한 좌로 갓! 우로 갓! 남문시장으로 갓. 전주우체국 앞으로 갓! 왜놈 많은 본정통은 침을 퉤. 대정정도 침을 퉤. 전주 부자 많은 다가동으로 갓!

○〈거두리로다_ 나무꾼노래〉

　(이보한) 가자 가자 가자 나무 팔러 가자 전주 부자 박첨지 집부터 가자
　　　　다가동 박부잣집 다음에 가고 청수정 윤부잣집 내일 또 가자

　(모두) 거두리로다 거두리로다 거두어서 모두 나눠 주리다
　　　　거두리로다 거두리로다 거두어서 모두 함께 삽시다

• 나무꾼들과 함께 노래한 뒤 나무꾼들은 퇴장한다.

이보한 (어딘가를 두드리며) 박첨지 계시오? 숨지 말고 나오시오. (솔가지 보고) 여기 마당 빈 곳에 장작을 쌓아 올리시오. 사람은

없어도 돈은 많은 곳이니, 그깟 나뭇값 못 받겠소? (여성 관객을 보며) 이보시오. 식모 씨, 찬밥 남은 것 있소? 그럼, 저 장작으로 물 끓여 밥 좀 말아주시오. 저이들 뱃가죽이 지게에 닿겠소.

• 이보한이 주변을 돌다가 숨어 있는 박첨지를 보고 반갑게 달려간다.

이보한   박첨지, 여기 계셨소? 저쪽에 나무해 놓았소. (손을 내밀고) 얼마 주시겠소?

박첨지   내가 언제 나무해 달랬소?

이보한   나무는 두고두고 꼭 필요한 것 아니요?

박첨지   그렇더라도 댁이 파는 것은 이제 싫소.

이보한   왜 그러시오? 불땀 좋은 나무인데.

박첨지   그대가 가져오는 나무는 바라보기도 싫소.

이보한   내가 파는 나무에 귀신이라도 씌었소?

박첨지   그럴지도 모르지.

이보한   (놀라는 척) 나무에 귀신이 사는 걸 어찌 아셨소? (귓속말로) 그거 아시오? 저기 쌓여 있던 나무로 밥해 먹으면 지옥 가고, 지금 쌓아 놓은 장작으로 밥해 먹어야 천당 간다오.

박첨지   그게 무슨 말이요?

이보한   그냥 해본 말이오.

박첨지   쓸개 빠진 인간 같으니.

이보한   쓸개? (안경을 벗고) 나는 한쪽 눈알이 빠진 인간이오만.

박첨지   이런. (자리를 피하다가 식모 관객을 보고) 곱단아, 주재소 가서 순사 좀 불러와라. 여기 불한당이 또 쳐들어왔다고 전해라.

이보한 불한당한테 불한당을 신고하란 말이오?

박첨지 허. 이것 참. 어찌 됐든 나는 한 푼도 못 주니, 당장 가시오.

이보한 돈 몇 푼이 그리 아깝소?

박첨지 아깝지. 아깝고말고. (식모 관객 보고) 곱단이 지금 뭐 하는 게야? 아까운 밥을 왜 물에 말아?

이보한 날도 차가운데 배 속 따뜻하게 먹여야 하지 않겠소? 빈속으로 가다가 굶어 죽거나 얼어 죽을지도 모르니.

박첨지 저놈들이 굶어 죽든 얼어 죽든 그게 나랑 무슨 상관이오?

이보한 (큰 소리로) 이보시오. 내 말 좀 들어보시오! 전주 나무꾼들이 박첨지 댁에서 쫓겨나더니 몽땅 얼어 죽었소. 아니, 얼어 죽기 전에 몽땅 굶어 죽었소. 박첨지 댁에서 쫓겨나더니 말이요. (박첨지를 보고) 이렇게 소문날까, 염려되오만.

박첨지 이것 참, 진짜 불한당일세. 행실을 아는 양반 가문 사람이 어찌 창피한 줄 모르고 이러시는가?

이보한 창피를 모르는 건 박첨지 아니오?

박첨지 내가?

이보한 박첨지는 전라도 유지 아니오? 그렇다면 그 이름이 아름답게 빛날 일을 해야 하지 않겠소? 한 가지 물읍시다. 당신이 잘살고 부자가 된 것이 저 가엾은 사람들 덕분이 아니라면 당장에 나를 묶어 주재소에 신고하시오.

• 이전부터 주위에서 어슬렁거리던 순사가 헛기침하며 들어온다.

이보한 (주위를 둘러보고) 마침, 저기 순사가 있었네. (순사에게 가서) 순사, 그대는 어찌 생각하시오?

순 사　사기 싫다는 나무를 강매하는 것은 모리배나 하는 짓 아닌가?

이보한　모리배? 모리배의 뜻을 아시오?

솔가지　우리 참봉 나리가 나무 팔아주는 일은 수도 없이 허셨지만, 단 한 푼도 갖지 않았는데, 무슨 모리배? 진짜 모리배는⋯. (눈치를 보면)

이보한　넘의 나라를 무단으로 짓밟고 강압으로 통치하는 것 아닌가?

• 모두 순사를 바라본다.

순 사　(이보한의 멱살을 잡으며) 애꾸가 겁도 없구나.

이보한　왜 화를 내시오? 나는 모리배의 뜻을 말한 것뿐이오. 혹시 댁을 보고 한 말 같소?

순 사　아니다. (멱살을 놓고) 말조심하시오.

이보한　내가 나무를 팔겠다는 것은, 나무는 이 집에 꼭 필요한 물건이고, 자주 사야 할 것인데, 이왕이면 딱한 사정 가진 사람들 것을 팔아주자는 것이오. 이보시오, 순사. 전주 백성 고루고루 배곯지 말자는 이 일이 옳은 일이요, 그른 일이요? 이보시오, 순사. 옳은 일을 하는데 방해하는 사람이 있다면 그 사람이 순사요, 모리배요?

순 사　음. 나는 처리할 일이 있어서 가야겠다. (박첨지를 보며) 말 나지 않게 조용히 처리하시오.

• 순사가 도망치듯 나간다.

- 따박골네가 순사에게 "이보시오! 순사요, 모리배요?" 자꾸 물으며 따라 나간다.

이보한   박참봉도 서문교회 다니지요? 우리 김인전 목사님이 이런 말씀을 하셨소. "예수 믿는다고 다 천당 가는 것 아닙니다. 천당에는 가난하고 고생했던 사람들로 가득 차 있습니다. (호통치며) 자기 혼자만 잘 먹고 잘살면서 어떻게 천당을 가시렵니까? 혼자만 잘 먹고 잘살면서 어떻게! 어떻게!"

박첨지   알았소, 알았어. (돈을 꺼내 주고) 옜소, 적당히 쳤으니 그만 가시오.

이보한   (돈을 세어보고) 이런 수전노가 있나?

박첨지   수전노? (돈을 더 챙겨주며) 에이, 숭악한.

이보한   (돈을 살펴보고 큰 소리로) 여러분, 박첨지는 천하의 호인이구려. 전주 제일 부자의 돈이니, 이것은 돈이 아니라, 복이요, 복. (돈을 나눠주며) 옜소, 복 받으시오. 박첨지가 나눠주는 복 받으시오.

박첨지   많이 쳤으니, 이제 오지 마시오.

이보한   박첨지 집에 돈이 넘치고, 인정도 넘치는 것을 알았는데, 어찌 또 안 올 수 있겠소?

박첨지   허허. 참 낭패로고. (걸인 보고) 저건 또 뭐냐?

- 걸인으로 분한 따박골네가 〈적선가〉를 부르며 들어온다.

○〈**품바타령_ 적선가**〉(시작 부분)
  (**따박골네**) 들어간다 들어간다 각설이가 들어간다

거들거리며 들어간다 으쓱거리며 들어간다
저승문을 들어갈 때 당당거리며 들어갈 때
옥황상제 뵈올 적에 부끄럼이 없을쏜가

• 박첨지에게 구걸한다. 이보한이 잽싸게 돈을 꺼내 준다.

박첨지 왜 자네가 주는가? 나도 그 정도 인정은 있네.

이보한 당연히 그러시겠지요. 헌데, 가난한 내가 얼마라도 먼저
주어야 부자인 박첨지가 그보다 몇 곱절은 더 주지 않겠
소이까?

박첨지 하하하. (걸인에게 돈을 더 주며) 내가, 졌네, 졌어.

이보한 이보시오, 나무꾼들 그리고 걸 선생. 오늘 박첨지 덕분에
돈도 벌었으니, 제일 많이 번 사람이 콩나물국밥에 막걸리
한 대접 내는 것이 어떻소?

박첨지 어렵게 모은 돈을 그리 쉽게 쓰라고 하면 어떡하오?

이보한 돈을 모으면 곤란한 사람이 됩니다.

솔가지 그러게 말입니다요. 참봉님에게 여지없이 빼앗기니.

이보한 그것도 틀린 말은 아니네만, 왜놈들 그늘에서 재산을 모은
다는 것이 무엇을 말하는가? 동네 사람은 굶고 있는데 제
가족만 호의호식한다는 것 아닌가?

○ **〈거두리로다_ 우리나라 만세〉** (후렴·흥겹게)

(다같이) 거두리로다 거두리로다 이천겨레아픔 거두리
로다

거두리로다 거두리로다 팔도강산국권 거두리로

다

거두리로다 거두리로다 대한조선만세 거두리로다

이보한 나라는 죽어도 기어이 살아남는 것은 민족이라. 강한 놈, 잘난 놈, 가진 놈, 배운 놈 편은 많으니, 나는 약한 놈, 못난 놈, 없는 놈, 못 배운 놈 편을 들어야 하지 않겠나? (모두에게) 자, 돈도 벌었으니, 나라 위해 거름 돈도 보태고, 한바탕 놀다 가는 것은 어떻소?

○〈**품바타령_ 적선가**〉(전체)

(따박골네) 들어간다 들어간다 각설이가 들어간다

거들거리며 들어간다 으쓱거리며 들어간다

저승문을 들어갈 때 당당거리며 들어갈 때

옥황상제 뵈올 적에 부끄럼이 없을쏜가

지상 선행 하나라도 큰 상을 받지마는

작은 악행 작은 거짓 큰 벌에 벌벌 떠니

오메 오메 박참봉아 오메 오메 박참봉아

악한 일은 허들 말고 착한 일에 힘을 쓰게

제발 빌고 또 비노니 지옥 가서 후회 말게

그때는 늦은 때라 방법이 없는 때라

품바 품바 잘헌다 품바 품바 잘헌다

• 한바탕 놀이가 이어지고, 조금씩 어두워진다.

4장 〈더 미쳐야겠다〉

- 감방 안. 긴장감 있는 음악이 잠시 흐르고.
- 솔가지가 무료한 얼굴로 있다.
- 순사가 이보한을 끌고 나와 내팽개친다.

순 사 감옥에서 죽고 싶은가? 정녕 그렇다면 너의 부모와 처자는 네놈 뼛가루도 구경 못 할 것이다.

- 순사가 문을 세게 닫고 나간다.

솔가지 (이보한의 몸을 살피며) 몸이 많이 상했습니다요.
이보한 마흔에 매지근하고 쉰에 쉬지근하다고 했는데, 어찌 몸이 성하겠는가.
솔가지 꼴이 말이 아녀요.
이보한 난장질이야, 난장질. …. 매도 한 번 두 번 맞다보면 시들해질까?
솔가지 매에는 장사 없습니다요.
이보한 세상 못 할 노릇이지만, 어쩌겠나. 먹기 싫은 밥은 못 먹는 것 아닌가?
솔가지 대체 왜놈들이 뭘 말하라는 겁니까요?
이보한 (반색하며) 몰라. 정말 모르겠어. 아니 밴 아이를 낳으라는데 토설할 거리가 있어야지.
솔가지 이게 무슨 고생입니까요?
이보한 (한숨을 크게 쉬고) 내가 정말 슬픈 것은 우리를 문초하는 순사 중에 일본인보다 조선인이 더 많고, 더 악랄하다는 거야.

• 따박골네가 〈거두리로다_ 우리나라 만세〉 후렴을 낮고 구슬프게 부르며 나온다.

이보한 나라가 어려울 때 나라를 지키는 건 백성이라. 나라는 죽어도 기어이 살아남은 것은 민족이라. 일제가 강탈한 조국을 찾기 위해 만주 벌판 풍찬노숙 설한을 무릅쓰고 일제와 싸운 열사가 있고, 장설 쌓인 깊은 골짜기 일본군과 맞불질하다 이름도 없이 쓰러진 의병도 있어. 세계 각지 조국 독립 위해 갖은 고생 하다 쓰러진 의사도 있네. 초야에 묻혀 빛도 보지 못한 채 생애를 마친 사람은 또 얼마나 많으랴.

• 솔가지가 〈거두리로다_ 우리나라 만세〉 후렴을 크게 부른다.

솔가지 이 노래를 교회서 알려줬다고 했지요?
이보한 왜? 갈 마음이 생겼는가?
솔가지 에이, 무슨 말씀을요.
이보한 교회는 귀한 놈이고, 천한 님이고 구별이 없다니까.
솔가지 참봉 나리 곁에도 쌍놈 양반님네 구별은 없잖습니까요?
이보한 그걸 어찌 나와 비교하나? 그곳에 가면 힘없는 자, 가난한 자, 천대받는 자, 비천한 자. 잘나고 못나고 없어. 누구나 형제고 자매지. 모두 같은 사람이야. 글도 알려주고, 영어도 배우지. 아이 러브 아이, 유 러브 유, 위 러브 위.

솔가지 아이, 참, 뭐라구유? 저랑 러브하자구유?

이보한 The barking dog is more useful than the sleeping lion. 이것이 영어지. 짖는 개는 졸고 있는 사자보다 낫다.

솔가지 그게 무슨 말이유?

이보한 늦잠 자지 말라고. (홀로 나직하게) 부지런히 배우고 익혀 조국을 살리라고.

솔가지 긍게, 이 노래만 부르믄 좋은 일이 생기는 것이 분명하지요?

이보한 참 좋은 노래 아닌가. 이천 겨레를 모으니 단합이요, 국권을 거두어들이니 수복이라. 내가 제일 좋아하는 일은, 전주 남문 밖 장터를 시작으로 동쪽으로 남원 장터, 서쪽으로 군산 장터, 북쪽으로 강경 장터, 남쪽으로 정읍 장터까지 돌아다니며 거두리로다, 거두리로다, 노래를 부르면서 기쁜 소식을 전하는 거야.

• 이보한·솔가지·따박골네가 〈거두리로다_ 우리나라 만세〉 후렴을 흥겹게 부른다.

• 순사가 서류를 들고 들어온다.

순 사 또, 또, 또 시끄럽구나.

• 솔가지는 차렷 자세. 이보한은 자리에 눕는다.

순 사 (이보한 보며) 내가 들어왔는데도 조센징이 눈을 말똥말똥

뜨고 쳐다보고만 있다니. 당장 일어나라.

이보한　(태연히 누워서) 내가 뭘 잘못했소?

순 사　당장 일어나라.

이보한　어찌 그런 말을 하시오? 나는 식민지 백성이니 본국 백성
　　　　인 당신을 우러러보고, 당신은 나를 낮춰 보는 것 아니오?

　• 순사가 이보한의 멱살을 잡고 뺨을 한 대 때린다. 이보한은 태연한 표
　　정으로 솔가지에게 가서 뺨을 때린다. 솔가지는 객석으로 가서 한 관
　　객의 뺨을 때린다.

이보한　(뺨 맞은 관객 보며) 이보시오. 저 순사가 우리랑 줄뺨치기 놀
　　　　이를 시작했으니, 어서 가서 냅다 한 대 갈겨 드리시오.

　• 관객이 (큰 동작으로 무지막지하게) 순사의 뺨을 때린다.

순 사　이것들이 완전히 미쳤구나, 미쳤어.

　• 순사가 도망치듯 나간다. 모두들 천연덕스럽게 웃으며 〈거두리로다_
　　우리나라 만세〉 후렴을 부른다.

이보한　(한 호흡 뒤에) 나는… 미쳐야겠다.

솔가지　미쳐요?

이보한　만세운동이 시작됐어. 학생들이, 나무꾼들이, 걸인들이, 시
　　　　장 상인들이… 모두 한마음으로 일어선 게야. 민중 봉기가
　　　　시작된 거지.

솔가지   그럼 뭐 해요? 지난번에도 손만 몇 번 들고 뛰어댕기다가 잡혀 왔잖아요. 총칼 들고 왜놈 한 명이라도 죽이는 것이 낫지요.

이보한   힘없는 자들이 총칼로 맞서기는 더 어렵지. 항일의병도 덧없이 끝나지 않았나.

솔가지   그렇지요. 저같이 미천헌 것이 할 수 있는 일이 또 있겠습니까요?

이보한   있지. 태극기! 장이 서는 날, 골목골목 태극기를 나눠주는 거야. 학생들이, 나무꾼들이, 걸인들이 앞장서는데, 촌민들이 어찌 만세를 부르지 않겠는가?

솔가지   그게 가능한 일일까요?

이보한   한 가족, 한 이웃, 한 민족이 모욕을 당했는데 어찌 앉아만 있는가? 일제에 얹혀 부귀영화나 누리고, 같은 민족에게 수전노 노릇이나 하는 쓸개 빠진 인간을 어찌 보고만 있는가? (한 호흡 뒤에) 나는… 더 미쳐야겠다.

솔가지   더 미쳐요?

이보한   울화통이 열통이 분통이 터지는 말을 해도 아무 반응이 없는데, 내가 어찌 미치지 않겠는가?

솔가지   그래요. 같이 미치시죠.

이보한   (한 호흡 뒤에) 나는… 나가야겠다.

솔가지   예? 어떻게요?

- 이보한은 아무 곳에나 오줌을 갈기고 똥을 싸서 벽에 바르기도 하고 얼굴에 칠하기도 하는 등 미친 사람 흉내를 낸다.
- 순사가 들어와서 본다.

이보한 (똥을 찍어 먹는 흉내를 내며) 참 신기해. 먹는 것이 똑같아서 똥 냄새도, 똥 맛도 똑같을 줄 알았는데 다 달라. (똥을 손가락으로 찍어 순사에게 권하며) 한 똥 하시겠소?

순 사 미친놈. (살피고) 진짜 미친 거야?

솔가지 순사님들이 너무 많이 때려서 진짜로 미친 거 아닙니까요.

순 사 애꾸는 원래 미친놈이었다.

이보한 (순사 보고) 나보다 더 없는 놈이 있네. 여보게, 이리 오게. 옷이 그게 뭔가. 자네하고 나하고 옷을 바꿔 입세. 이 좋은 옷을 줄 테니.

• 이보한이 기어이 순사 웃옷을 벗긴다.

이보한 (순사 옷을 뒤집어 입고 감방을 뛰어다니며) 세상이 바뀌었다! 세상이 바뀌었어!

• 이보한이 〈거두리로다_ 우리나라 만세〉 후렴을 흥겹게 부르면서 뛰어다닌다.

순 사 (멍하니 바라보다) 당신 원래부터 아무것도 아니지? 그냥 미친 거지? 아무리 취조해 봐야 나오는 것도 없고….

• 순사가 뒷걸음질로 나간다.

솔가지 아무것도 아니라니. 참봉 나리라니까.

• 이보한이 〈거두리로다_ 우리나라 만세〉 후렴을 앉아서 슬프게 부른다.

순 사   (다시 들어와서) 서장님 명령이 떨어졌다. 참봉이든 거짓뿡이
         든 더 볼 것도, 들을 것도 없으니 당장 나가라신다. 이보한,
         기소유예. 출감. …. 뭐 하고 있어? 석방이라고, 석방. 당장
         나가!
솔가지   (나서며) 순사님, 나는요? 나는 정말로 진짜로 아무것도 아
         녀요. 죄가 한 개도 없어요.
순 사   죄가 없어? (서류를 넘기면서) 너도 만세시위에 동참했잖아.
솔가지   아녀요. 사람들이 겁나게 많아서 귀경 나왔는디, 순사님들
         이 총을 들이댕게 손을 들었을 뿐이어요.
이보한   (서류를 빼앗아 총처럼 겨누며) 손 들어!

• 순사가 놀라서 손을 든다.

솔가지   거, 봐, 봐요. 손 들잖아요.
순 사   이런 미친. 두 놈이 쌍으로 미쳤구나.

• 순사가 솔가지를 때리려고 하면 솔가지도 웃옷을 벗고 〈거두리로다_
  우리나라 만세〉 후렴을 흥겁게 부르며 미친 흉내를 낸다.

순 사   알았다. 너도 방면이다. 너희들, 밖에 나가서 다시는 시위
         에 끼지 마라.
이보한   본시 사람을 좋아해서 여럿이 모인 곳에 즐겨 가는데… 그
         조차 하지 말란 말이오?

순 사	사람들이 모인 것만으로도 독립운동이다. 알았나? 그대는 앞으로 어떤 것이든 참여하지 말라.
이보한	나는 그저 노래하며 걸을 뿐이요.
순 사	뭐라고? …. 다시 보니, 멀쩡한 것 같은데?
솔가지	순사님 앞에서 대놓고 만세, 만세, 하겠다는데, 제정신이라구요?
순 사	아, 그런가?
이보한	(태연하게) 이보시오, 순사. 나를 따라나서지 않겠는가? 자네가 사회적으로 출세해 봐야 경찰서장밖에 더 되는가? 나를 따라나서게. 그러면 천국 간다네.
순 사	미친 조센징. 빨리 나가라, 빨리 나가.
이보한	(나가면서) 혹시 전주에 오거들랑 이거두리, 이보한을 찾으시오. 내 이름 대면 어디든 밥은 차려줄 것이요. 아무리 미워도 밥때 되면 고봉으로 밥 퍼 주는 것이 조선 아낙네의 푸진 정이니. 그동안 수고하였소.

• 이보한과 솔가지 나가고, 멍하니 서 있는 순사.
• 조금씩 어두워진다.

2막 〈대한조선만세, 거두리로다〉

1장 〈전주 삼일독립만세운동〉

• 거리. 따박골네 홀로 나와 노래한다.
• 가사에 맞춰 무대에서는 인형극, 그림자극, 영상극 등으로 연출한다.

○〈전주 삼일독립만세〉

(따박골네) 서울 유치장에서 풀려난 거두리 선생과 솔가지
가 전주로 내려올 적, 삼천리 방방곡곡 만세운
동이 들불처럼 번졌는디. 전주행. 맘은 급해도
만세 행렬을 어찌 그냥 지나치랴. 전주든 수원
이든 천안이든 이천 겨레 마음은 하나같고 한
결같은 것을.
수원을 지나다가 만세 행렬 만나면 만세! 만세!
만세! 부르다가 끌려가고, 천안을 지나다가 만
세 행렬 만나면 만세! 만세! 만세! 부르다가 끌
려가고, 모진 고문 피 칠갑 다시 겪고 또 겪으면
서 몸 고생 마음고생 꽤나 했다는데.
천안 감옥서 어느 입술 다부진 여고생과 말을
섞을 적으,

"학생인가? 아직 한참 어려 보이네."

"이천만 동포는 한 몸인데 학생이라고, 어리다고 가만히 있을 수 있겠습니까?"

"그래도 감옥보다야 학교에 있어야지."

"삼천리강산 어디라도 감옥이 아니겠습니까?"

"하, 옳다! 학생 말이 참으로 옳네!"

"전주서도 만세운동이 벌어졌다면서요? 많이 죽고 다쳤다데요. 어린 학생들도 여럿 상했다고 그러던데요."

아! 이를 어이할꼬. 거두리 참봉 애타는 심사를 누가 알리.

· 만세운동의 함성이 들린다.

(따박골네) 때는 1919년 3월 13일, 장소는 전주 남문 장터.

채소 담긴 가마니에 신풍리 애호박, 서정리 콩나물, 기린봉 열무, 서원 너머 미나리 간데없고, 붉고 푸른 태극기와 전주한지에 한 땀 한 땀 찍어낸 독립선언서 담겨난데.

전날하고 전전날, 신흥기전 학생들이 신흥학교 지하실서, 천도교인들이 천도교 전주교구서 밤을 꼬박 새워 태극기를 그리고 독립선언서를 인쇄했던 것이라.

뎅, 뎅, 뎅. 13일 낮 12시.

풍남문서 인경 소리 뎅, 뎅, 뎅, 울릴 적으, 신흥학교 김병학은 독립선언서를 나눠주고, 김신희 함연춘 김공순 기전학교 학생 열한 명과 박태련 유병민 김한순 함의선 천도교인들은 가슴 깊이 감춰둔 태극기를 꺼내 시장통 사람들에게 나눠 주더니만.

"우리 전주 사람들은 조선이 독립한 나라임과 조선 사람이 자주적 민족임을 선언하노라."

천도교인 기독교인 신흥기전 학생 백오십 명 태극기 손에 들고 번개같이 모여들어 독립만세 외쳤는데. 대한독립만세!

(다함께) 대한독립만세! 대한독립만세! 대한독립만세!

(따박골네) 아, 힘차고 당찬 그 소리,

기세는 추상같고 외침은 맹호 같은 그 소리,

찬바람 눈서리 묵묵히 견디어 낸 그 소리,

서럽고 아름다운 그 소리,

거짓말처럼 피어난 그 소리,

수난을 꿋꿋하게 이겨내고 꽃처럼 일어선 그 소리,

수백의 전주 사람 태극기 높이 들고 대한독립만세!

(다함께) 대한독립만세! 대한독립만세! 대한독립만세!

(따박골네) 칠흑같이 어둡던 완산 전주

꽃심으로 피어난 희망의 소리 온 세상 가득 차니,

아, 아, 아, 아. 천지가 황홀하고 또 황홀하여라.

• 호루라기 소리. 위기를 알리는 음악이 들리고.
• 군인들이 급하게 무대를 가로질러 뛰어간다.

    (따박골네) 아, 헌데, 이를 어찌하랴.
                    휘, 휘, 휘. 호루라기 소리 귓전에 어지럽고. 탕,
                    탕, 탕. 일제의 총검에서 불꽃이 일어나니. 아,
                    넘어지고, 자빠지고, 쓰러지고, 엎어지고, 잡혀
                    가고, 끌려가고, 죽고, 죽고, 죽어지고.
    (다함께) "평화적 시위다. 일제는 총칼을 거두어라."
    (다함께) "체포된 인사들을 석방하라."
    (따박골네) 대치하며 노려보고, 총칼 쏘면 온몸으로 저항
                    하고, 해산당하면 다시 오고 또 오고, 다음 날,
                    그다음 날도 완산동서 다가동까지 걷고 걷고
                    또 걷고, 대한독립만세 천지에 가득하니, 이것
                    이 완산 전주, 전주 사람의 힘이라.
    (다함께) "조선은 우리 조선은, 조선이 독립한 나라임과
                    조선 사람이 자주적인 민족임을 선언하노라."
    (따박골네) 수난을 꿋꿋하게 이겨내고 꽃처럼 다시 일어서
                    는 전주 사람의 위대하고 웅장한 힘이라.

• 잔잔한 음악이 들리고.

    (따박골네) 우리의 이거두리 선생, 이 소식을 듣고 땅을 치

며 통곡하다가,

"그래. 가자. 내 고향 전주로 가자. 만세운동 하
러 가자, 어여 가!"

• 조금씩 어두워진다.

2장 〈가장행렬 만세운동〉

• 거리. (1919년 늦은 봄 어느 날) 나팔 소리, 길게 울린다.
• 이보한이 장난감 나팔을 불며 나온다. 두툼한 종이로 조잡하게 만들어
  먹칠한 원통형 모자를 쓰고, 수수 속대로 만든 안경을 자신의 검정 안
  경에 덮어 썼다. 세 갈래로 찢어진 검정 두루마기를 한복에 걸쳐 흡사
  연미복을 입은 미국 선교사 같은 복장이다.
• 솔가지가 비슷한 복장을 하고 따른다. 두 사람은 객석을 돌면서 노래
  를 부른다.
• 따박골네가 객석에 태극기와 만국기를 나눠주며 합류한다.
• 이보한·솔가지·따박골네의 행진에 관객이 따른다. 흥겨운 가장행렬
  놀이다.

　○〈**거두리로다_ 우리나라 만세**〉 (전체·흥겹게)
　　(이보한)　　새벽부터 우리 어깨동무하고 밤을 새워 함께
　　　　　　　　　걸어봅시다
　　　　　　　　　한 발 두 발 모여 함께 걸으면서 완산 전주 기운
　　　　　　　　　모아봅시다

(다같이)   거두리로다 거두리로다 이천겨레아픔 거두리
로다
거두리로다 거두리로다 팔도강산국권 거두리
로다
거두리로다 거두리로다 대한조선만세 거두리
로다

- 이보한이 "대한조선만세"를 외친다. 솔가지와 따박골네가 뒤이어 만
  세를 외치고 태극기와 만국기를 흔든다.
- 객석 여기저기에서도 태극기와 만국기를 흔들며 만세 소리가 쏟아
  진다.
- 헌병대장과 군인들이 나와서 행렬을 막는다.

헌병대장   시위대는 즉각 해산하라. 시위는 모두 불법이다.

- 만세 소리가 멈추지 않는다.
- 헌병대장이 한 손을 들면 군인들이 한 줄로 선다.

헌병대장   시위는 절대 금지다. 해산하지 않으면 발포하겠다.

- 헌병대장이 손을 내려 신호를 보낸다. 군인들이 총을 쏜다.
- 이보한, 솔가지, 따박골네가 동작을 멈춘다.
- 군인들이 관객 몇몇을 체포한다.

헌병대장   즉각 해산하지 않으면 다시 발포하겠다.

- 이보한이 솔가지에게 뭔가를 말한다.

솔가지 (큰 소리로) 멈춰라. 여기 시위대장이 있다.

헌병대장 시위대장?

솔가지 잡아간 사람들을 모두 풀어주면 시위대장이 그쪽으로 갈 것이다.

- 헌병대장이 한 손을 올리면 군인들이 체포한 사람들을 풀어준다.
- 스산한 분위기의 음악이 들린다.
- 이보한이 헌병대장 앞으로 간다.

헌병대장 당신이 시위대장이라고?

이보한 내가… 대장처럼 안 보이시오? 사실은… (아무나 가리키며) 저기 저 사람이 대장이요. 저어기 저 사람도 대장이요. 저기도, 저어기도.

헌병대장 지금 뭐 하는 것인가?

이보한 우리가 누구 명령을 받아서 거리에 선 것이 아니니 모두 다 대장이지.

헌병대장 조센징이 나를 속였구나. 네놈이 시위대를 대신해서 쓴맛을 봐야겠다.

이보한 조선 백성은 이미 쓴맛 단맛 다 봤소.

헌병대장 불법시위를 한 이유는 무엇인가?

이보한 나라 없고 부모 없는 고아들이 찬송가 부르며 서러움을 달래는데 그게 무슨 잘못이오?

헌병대장 너는 죄인이다.

이보한 죄인? 죄가 있다면 불법으로 남의 나라를 점령한 그대들에게 있지. 그대들의 지옥 같은 식민지 지배에 죄가 있지.

헌병대장 너는 대일본제국을 우롱하고 있다. 난장을 쳐줄까?

이보한 (빙긋이 웃음 지으며) 나는 당신네가 조금 딱하기도 하오.

• 헌병대장의 손짓으로 군인들의 잔혹한 폭행이 시작된다.

헌병대장 이 정도는 아직 시작도 안 한 거야. 손톱 사이에 죽침을 꽂아줄까?

이보한 평화적으로 시위한 사람들을 잡아들여야 하니 생트집을 써야 하고, 생트집을 잡자니 고문이라는 야만적인 수단을 쓸 수밖에.

• 따박골네가 낮은 구음으로 〈거두리로다_ 우리나라 만세〉 후렴 부분을 부른다.

이보한 당신들의 야만적인 고문에 우리가 피투성이가 되고 뼈가 부서지고 살점이 떨어져 나가고 끝내 목숨을 다하더라도, 우리 민족의 노래는 멈추지 않을 것이오.

헌병대장 그렇지. 네놈 말을 들으니 더 확실해지는군. 네놈들은 결국 민중 봉기를 유발하려는 것이 틀림없다.

이보한 천만의 말씀이오. 내 소망은….

헌병대장 이 모든 것이 조선을 독립시키겠다는 망상 때문에 하는 짓 아닌가? 헛된 망상을 꾸려거든 차라리 죽어라.

- 헌병대장이 권총을 꺼내 이보한의 머리를 겨눈다.

헌병대장 독립은 개인의 힘으로는 안 되는 것이다.

이보한 맞소. 독립은 시대가 시키는 것이지. 시대가 시키면 사람이 따라 할 수밖에 없는 일 아니겠소.

솔가지 (이보한 옆에 서며) 나에게 총을 겨누시오.

따박골네 (이보한 옆에 서며) 나에게 총을 겨누시오.

헌병대장 전주 놈들은 하나같이 다 악종이군, 악종. 너희 놈들 모두 반일민족주의 사상의 불순하고 불량하고 불온한 세력이다.

이보한 불순하고 불량하고 불온한 건 모르겠소만, 우리는 폭력을 쓰지 않소.

헌병대장 폭력을 쓰지 않는다?

이보한 우리와 그대들의 다른 점이지. 총칼을 내려놓으시오. 우리는 부딪힘 없이 행진만 할 것이니.

헌병대장 죽음이 두렵고 무섭겠지.

이보한 당신네 총칼이나 죽음이 두렵고 무서워서가 아니오.

헌병대장 그럼 무엇인가?

이보한 당신들은 부모 자식이, 형제자매가 폭력을 당하면 가만히 있겠소? 아마, 군대를 불러오겠지. 그러면 이 나라는 피바다가 되고, 우리 모두 망하고 말 거요. 그래서 우린 폭력을 쓰지 않고 평화로운 행진을 하는 것이오. 우리 민족은 본래 평화를 사랑하오.

헌병대장 골치 아픈 미치광이.

이보한 당신이 당신 나라를 사랑하는 것과 내가, 우리가 우리 조선을 사랑하는 것이 뭐가 다르오?

헌병대장 ….

이보한 당신은 여기 왜 있소? 당신 나라를 위해서가 아니오? 만일 우리가 일본을 강압하고 통치한다면 당신도 나처럼 하지 않겠소?

• 헌병대장이 말없이 총을 내려놓는다.

이보한 잠시, 전주 사람들에게 하고 싶은 말이 있소. (헌병대장이 고개를 끄덕이면) 여러분, 우리는 평화를 사랑하는 민족이오. 오늘 우리는 독립할 수 있다는 단결력을 보았고, 우리의 뜻을 일본인들에게 보여주었소. 그러니 이제 더는 희생당하지 맙시다. 이제 집으로 돌아가 생업을 이어나갑시다.

• 헌병대장과 군인들이 이보한을 바라보다 뒤로 돌아 모른 척한다.

이보한 그래도 기어이 만세 삼창은 하고 끝냅시다. 대한~독립~만세! (관객: 대한독립만세!) 대한독립만세! (관객: 대한독립만세!) 대한독립만세! (관객: 대한독립만세!)

　○〈**전주 삼일독립만세**〉(일부)

　(**따박골네**) 아, 힘차고 당찬 그 소리,

　　　　　　기세는 추상같고 외침은 맹호 같은 그 소리,

　　　　　　찬바람 눈서리 묵묵히 견디어 낸 그 소리,

　　　　　　서럽고 아름다운 그 소리,

　　　　　　거짓말처럼 피어난 그 소리,

수난을 꿋꿋하게 이겨내고 꽃처럼 일어선 그
소리,
수백의 전주 사람 태극기 높이 들고 대한독립
만세!

(다함께) 대한독립만세! 대한독립만세! 대한독립만세!

(따박골네) 칠흑같이 어둡던 완산 전주
꽃심으로 피어난 희망의 소리 온 세상 가득 차
니,
아, 아, 아, 아. 천지가 황홀하고 또 황홀하여라.

• 조금씩 어두워진다.

3장 〈이공 거두리 애인비〉

• 거리. 밝아지면 곳곳에 흩날리는 만장.
• 솔가지·따박골네를 비롯한 모두가 나와서 한 줄로 선다.
• 〈거두리로다_ 우리나라 만세〉 후렴 부분을 낮게 흥얼거린다.
• 한쪽에 이보한이 앉아 있다.

솔가지 (족자를 펴서 큰 소리로) 이공 거두리 애인비. 평생 성질이 온
순하고 인자하였네. 굶주리고 헐벗은 사람을 보면 옷을 벗
어주고 밥을 주었네.

이보한 애국이 별거요? 전주천, 삼천서 빨래하는 아낙네들 빨래
그릇 번쩍 들어서 날라주는 것이 애국이오. 나무꾼들 나뭇

짐을 다짜고짜 부잣집 마당에 부려 놓고 돈 받아주는 것이 애국이오. 상갓집에 걸인들 데리고 가서 곡해주고 밥 먹이고, 돈 넘쳐나는 대감들 돈주머니에서 가난한 학생들 학용품 사주는 것이 애국이오.

따박골네 불우한 환경에서도 의지를 꺾지 않고 초지일관 한생을 마친 사람.

솔가지 광인처럼 한 생애 살다 떠난 사람.

다같이 전주가 낳은 인물, 거두리 이보한.

이보한 우리 민족이 살길은 말에 있지 않고, 오직 행동하는 것에 있으니…. 민족의 고난에 몸으로 동참하고 이웃들 아픔에 눈물 흘릴 줄 알면 그만이지. 안 그렇소? 하하하.

• 조금씩 어두워진다.

1927
옥구 사람들

장태성과 옥구농민항쟁

「1927 옥구 사람들」을 읽기 전에

• 우리나라의 최대 항일농민운동, 옥구농민항일항쟁

장태성(1909~1987)은 옥구농민항일항쟁(1927.8.9.~1928.9.29.)으로 옥고를 치른 옥구 출신 독립운동가 서른네 명 중 한 사람이다. 1927년 일본인이 경영한 이엽사농장에서 수확한 쌀의 75%(당시 전국 평균 소작료 48%)를 소작료로 강요한다. 소작농·농민조합·청년 단체는 11월 20일부터 7개월에 걸쳐 소작료 인하를 요구하며 수탈에 저항한다. 일제의 식민 수탈에 정면으로 대항한 이 항쟁은 우리나라의 최대 항일농민운동으로 꼽힌다.

일본인 지주의 식민농업회사인 이엽사농장은 소작료 외에도 공과금·비료대·수세·운반비·지세·포장비 등의 부담을 농민에게 떠넘겼기에 농민의 고통은 상당했다. 사회주의 지식인과 청년들은 농민조합을 결성해 일본인 지주의 횡포에 맞서 소작인의 권익을 보호하고, 농민의 계몽을 통한 생활 개선과 실력 양성을 위한 활동을 시작했다. 1927년 10월에 결성된 옥구농민조합 서수지회에서 열아홉 살 청년 장태성은 집행위원으로 선출됐고, 11월에는 옥구청년동맹 창립준비위원과 조선청년총동맹 전북연맹 소년부 위원으로도 선출되는 등 왕성한 활동을 펼쳤다.

그해 수확이 끝나갈 무렵, 이엽사농장은 농민들에게 수확량의 75%를 소작료로 낼 것을 통보했다. 청천벽력. 당시 전국 평균 소작료는 48%, 전북은 42%~46%였기에 75%는 터무니없는 숫자였다. 옥구농민조합 장공욱 위원장과 간부들은 소작료를 45%로 인하할 것을 여러 차례 요구했지만, 농장 측은 끝내 거부했다.

장태성은 서수지회 간부인 김행규와 농장의 일본인 지배인을 찾아가 소작료 인하를 요구하고, 소작료 납부 거부를 촉구하는 글을 게시하는 등 부당하게 인상된 소작료 감액 투쟁을 펼쳤다. 그러나 장태성은 11월 25일 농장 측의 신고를 받은 경찰들에게 지배인 협박과 대자보 게시 혐의로 체포돼 서수주재소에 감금된다. 그날 밤 이 소식을 들은 조합원들과 농민들은 서수주재소를 파괴하고 장태성을 비롯해 끌려간 조합원들을 구출하지만, 다음 날 새벽 일제는 군산경찰서의 모든 병력을 출동시켜 조합 간부 36명을 체포해 유치장에 가둔다. 11월 26일 군산경찰서 앞에서 서수 농민 200여 명이 조합 간부들의 석방을 요구하며 시위를 벌였고, 경찰의 탄압 소식에 분개한 옥구·군산 일대의 농민·노동자·학생 300여 명이 합류해 투쟁을 시작했다. 일본 경찰은 소방대까지 동원해 물을 뿌리며 시위대를 탄압하고 해산시켰으며, 80여 명을 추가로 검거했다.

일제는 1928년 2월 29일 전주지방법원 군산지청과 5월 29일 대구복심법원에서 조합 간부와 소작인 34명에게 치안유지법 위반(구금자 탈취 및 소요 혐의)이란 명목으로 유죄판결을 내렸다. 치안유지법은 일제가 조선에서의 사회주의운동과 무정부주의 운동이 확산하는 것을 막기 위해 만든 법이다. 장태성은 징역 8개월을 받았으며, 출소 후에도 군산에서 노동운동과 신간회 활동으로 옥고를 치렀다.

옥구농민항일항쟁은 농민과 청년 5백여 명이 참여한 것으로 알려졌으나, 이름이 드러난 사람은 재판 기록이 남은 34명이 전부다. 이들의 나이는 19세부터 42세까지이며, 10대 3명, 20대 16명, 30대 12명, 40대 3명으로 평균 나이는 29세였다. 옥구농민항일항쟁은 불의에 비분강개한 청년들의 투쟁이며, 작은 혁명이다.

김기술(1887~1940), 김재풍(1905~1976), 김준철(1900~1928), 김택현(1894~?), 김행규(1904~?), 문일만(1904~1955), 복만길(1899~?), 서가마(1892~?), 서만석(1907~?), 신문관(1887~?), 오남룡(1902~1974), 오승철(1903~?), 오요섭(1908~1982), 윤경문(1893~?), 이광순(1899~1940), 이기열(1905~1980), 이보동(1898~?), 이성순(1890~1951), 이성춘(1895~1949), 이영출(1903~?), 이용덕(1890~1953), 이용선(1909~1953), 이원섭(1896~?), 이정춘(1889~1955), 이진섭(1904~1965), 이진철(1896~?), 이효남(1905~1962), 이휴춘(1897~1960), 장태성(1909~1987), 정영운(1898~1966), 채판진(1901~1929), 최봉엽(1894~1954), 최은엽(1897~1968), 한기석(1886~1955)…. 이들은 독립유공자로 추서됐지만, 생몰년을 정확하게 알지 못하는 유공자가 12명이나 된다. 이는 질곡과 부침이 많았던 대한민국 현대사의 아픔을 그대로 보여주는 것이다. 우리가 이들의 이름을 소리 내 부르지 않으면 아무도 기억하지 않는다.

• 「1927 옥구 사람들」을 쓰면서

옥구농민항일항쟁은 2007년 군산에서 열린 제46회 전라예술제의 개막공연인 칸타타 〈천년의 영화(榮華), 내 고향 군산〉을 쓸 때

알게 됐다. '새만금의 어제와 오늘 그리고 내일'을 부제로 한 그 공연은 포구·봉수제·새만금·오성산·진포대첩·최무선 등 군산의 역사·문화 콘텐츠를 연극·음악·춤·시 등 다양한 형식으로 엮었는데, 옥구농민항일항쟁은 고군산군도에 얽힌 옛이야기와 엮어 짧은 극과 창작판소리 사설로 담았다.

희곡집을 준비하면서 옥구농민항일항쟁을 다시 살폈다. 전해진 이야기도, 기록도 거의 없어 담을 수 있는 이야기가 많지 않다. 옥구농민항일항쟁을 아는 사람도 드물어 작가의 상상을 펼치기보다 최대한 역사적 사실을 전하는 것이 먼저라고 생각했다. 작품 속 언어를 시대와 지역에 맞출까 고민했지만, 읽는 이의 편의를 위해 『전라북도 방언사전』(전라북도·2021)을 살펴 옥구에서 채록해 인용된 상징적인 어휘 몇 개만 넣는 것으로 대신했다. 마름의 대사 중 종결어미는 군산 출신 채만식의 소설 「탁류」와 「태평천하」를, 변호인의 대사는 1927년과 1928년 관련 신문 기사의 문장을 참고했다.

부족한 서사와 인물에 관한 이야기를 풍성하게 채워 다시 쓸 수 있도록 많은 사람이 옥구농민항일항쟁의 역사에 관심을 가졌으면 한다. 「1927 옥구 사람들」을 읽고 군산 임피중학교에 건립된 옥구농민항일항쟁기념비를 찾는 걸음이 조금이라도 늘었으면 좋겠다.

- **때·곳**
  - 1927년 11월 옥구 일대

- **등장인물**
  - 장태성(19세), 김행규(24세), 김준철(28세), 이진섭(24세), 최봉엽(34세), 신문관(41세), 명도댁(50대), 내동댁(40대), 백승일(조선인 농장지배인), 오춘심(기생), 사이토 신이치(일본인 농장주), 판사, 변호인, 농민들, 순사들

- **무대**
  - 작품의 무대는 야학당, 백승일의 집, 재판장, 거리 등이며, 거리는 탑천 옆 낮은 언덕과 서수주재소 앞 등이다. 특별한 배경 장치는 필요 없으며, 칠판·축음기·재판석 등의 소품으로 처리해도 좋다.

- **구성**
  - 1막 〈진정서〉
  - 2막 〈도조가 7할〉
  - 3막 〈소작쟁의가 무엇〉
  - 4막 〈이 풍진 세상〉
  - 5막 〈소작료 불납 결의〉
  - 6막 〈항쟁〉
  - 7막 〈전원 유죄〉
  - 8막 〈천년 영화〉

1막 〈진정서〉

- 재판정.
- 김준철, 김행규, 이진섭, 장태성이 있다.
- 판사가 들어와 농민들 앞에 선다.

다같이 우리 소작인들의 억울한 사정을 진정하옵니다.

- 김준철이 진정서를 꺼내 읽는다.

김준철 우리의 과거를 추억하면 참으로 비분의 감정을 금할 수 없습니다. 해마다 소작권 박탈의 위협과 무리하고 가혹한 횡포가 난무하는 일은 비일비재이언만, 생명과 재산을 이엽사농장에 의지한 우리 소작인들은 억울한 마음과 비분의 눈물이 있어도 근근이 호구만을 하옵더니, 올해는 가뭄과 해충의 재난이 동시에 찾아왔으니 이 어찌 설상가상 아니리까. 하오나 이엽사농장은 탈곡하는 곡식을 위협으로, 심하게는 거친 욕설과 무서운 폭력을 행하면서 소작인에게 농작한 곡식의 일체 권리를 허락하지 아니하오니, 당국께옵서 우리를 구하여 주심을 (엎드리며) 엎드려 삼가 바라나이다.

다같이 (엎드리며) 엎드려 삼가 바라나이다.

판 사 옥구농민조합 서수지부가 제출한 진정서는 소작인들이 지주의 권위를 무시하는 행위로 이 진정은 '이유 없음'으로 기각한다.

- 김준철, 김행규, 이진섭, 장태성이 머리를 박고 절규한다.
- 어두워진다.

2막 〈도조가 7할〉

- 밤. 잔잔하게 물이 흐르는 탑천 옆 낮은 언덕.
- 풀벌레 울음이 지천이고, 멀리서 철새들의 날갯짓 소리가 들린다.
- 명도댁이 우두커니 하늘을 보고 있다.
- 내동댁이 들어온다.

내동댁 가을걷이한 지가 언젠데 여적 귀뚜래미가 울어싼대? 야들
       은 춥지도 안 헌가? (멀리 강물을 보고) 겨울새들이 벌써 와
       있네. 쟈들은 뭔 존 일 있는갑다. (오리가 헤엄치는 흉내 내듯 요
       란하게 엉덩이를 흔들면서) 궁둥짝을 씰룩쌜룩, 씰룩쌜룩 흔들
       면서 잘도 댕기네.

명도댁 (내동댁을 보며) 지랄도 풍년이다.

내동댁 아주머니 언제 나오셨어요? 마실 나올라믄 같이 가자고 하
       시지요. 밥은 잡쉈어요?

명도댁 내동댁은?

내동댁 지야 뭐…. 새들은 참 좋겠어요. 까딱 맘에 안 들믄 훌쩍 날
       아가 버리믄 되니까요.

명도댁 훌쩍 날아간다고?

내동댁 겨울 지나믄 또 날아갈 거 아녀요. 정 줘봐야 소용없어요.

명도댁 내 눈에는 날아갔다가 매년 이맘때면 여길 못 잊고 다시

돌아오는 것 같은데.

내동댁   생각해 보믄 또 그러네요.

명도댁   썰물처럼 갔다가 밀물처럼 다시 찾아들고.

내동댁   그럼 쟈들이 작년 이맘때, 재작년 이맘때 본 그 새들일까요?

명도댁   낸들 아나. 내동댁이 가서 물어봐.

내동댁   (엉덩이를 흔들고 가면서) 그믄 후딱 가서 물어보고 올게요.

명도댁   신소리 말고 여그 앉아서 저 별들 좀 봐.

내동댁   (하늘을 보며) 별들은 언제 봐도 예뻐요. 초승달 아래 반짝이는 저것 좀 봐요. 샛별도 아닌 것이 또랑또랑하니 좋네요.

명도댁   (하늘을 보며) 내가 살았던 바다, 섬들도 저 별들처럼 흩뿌려져 있지. 올망졸망.

내동댁   아주머니, 고향 가고 싶으신가 보다.

명도댁   고향은 늘 그립지.

내동댁   멀지도 않은데, 언제 한번 다녀오세요.

명도댁   그게 말처럼 쉽나. 내동댁은 임피 토박이라 얼마나 좋아.

내동댁   좋기는요. 재미 한 개도 없어요. 임피서 나서, 임피서 자라서, 임피 남자 만나서, 임피 애 놓고, 주구장창 임피, 임피. 참, 임피가 아니라, 옥구라고 해야지요. 임피군이 옥구군으로 바뀐 지가 10년도 훨씬 넘었는데도 저는 임피가 훨씬 편해요.

명도댁   고향이니까. 고향 말이 입에 배서 그러지.

내동댁   나는 아주머니처럼 그리워할 고향이 있었으면 좋겠어요. 가끔씩 가서 보고 오면 얼마나 좋아요.

명도댁   가까이 있어도 쉽게 못 가고, 떠났어도 떠나지 않은 곳이

고향이지. 바다 건너 섬들끼리 다리라도 놓으면 갈 수 있을까?

내동댁   아주머니 살던 곳은 작은 섬이라고 했지요?

명도댁   아주 작은 섬이지. 산날망에 오르면 섬의 끝에서 끝이 다 보이지.

내동댁   그리 작으면 파도에 밀려서 (엉덩이를 흔들면서) 씰룩씰룩 떠다녔겠네요.

명도댁   그래서 내가 뭍으로 나왔잖은가. 우리 섬이 폭풍우에 떠내려가기 전에.

내동댁   아주머니가 농을 다 하시네요. 그나저나 올해는 가뭄에, 홍수에, 병해충에 난리란 난리는 다 겪었어요.

명도댁   그래도 여그 작황이 다른 곳보다는 좀 낫다고 하데.

내동댁   '옥구'란 말이 '넓고 기름진 들판'이라면서요. 말이 씨가 됐는지, 씨가 말이 됐는지는 몰라도, 여기는 다른 곳보다 농사가 잘돼서 좋아요.

명도댁   긍게 왜놈들이 여그 곡식을 노략질하려고 눈에 불을 켜는 것 아녀.

내동댁   '서수'란 말도 '싱싱한 벼 이삭'이란 뜻이라잖아요. 말은 참 예뻐요. 말만.

명도댁   서수라는 말은 가와사키가 붙였다지?

내동댁   3·1만세운동 있기 몇 년 전에요. 가와사키가 농장 만들면서 여그 일대를 서수면이라고 맘대로 바꿨죠. 조선 땅을 지들 맘대로 이리저리 뜯어다 붙이고 그랬죠. 그때 임피군이 옥구군 되고, 동이면은 서수면 되고.

명도댁   조선이 아니라 지들 나라라고 생각하니까.

내동댁   가와사키가 신사도 만들었잖아요. 서수신사.

명도댁   그랬지. 아침저녁으로 절하고 댕기느라 다들 욕보제. 우리
는 저 달님만 있으면 되는데.

• 명도댁이 달을 보고 두 손을 모아 빈다. 내동댁이 따라 한다. 잠시 어
두워진다.

• 신문관이 싫은 표정이 역력한 최봉엽을 데리고 나온다.

신문관   가자고. 듣다보면 뭔 수가 생길 것이여.

최봉엽   싫다니까 기연시 가자고 그러네. (퍼더버리고 앉아) 농사는 뭣
헐라고 짓는가 몰라. 빚만 느는디. 갑오난리 때하고 달라진
것이 아무것도 없네, 기냥.

신문관   자네가 갑오난리를 알어?

최봉엽   그믄 성님은 알아요?

신문관   그때나 지금이나 왜놈들이 설쳐.

최봉엽   잘 아시는고만. 나락 베믄 뭐 해요. 일본 놈들이 한입에 할
딱할딱 핥아먹어 버리는데.

신문관   왜 이리 심술이 났어?

최봉엽   성님은 승질 안 나요? 다 뺏어 가는디.

신문관   나라 없는 쭉정이 신세가 다 그렇지, 뭐.

최봉엽   (기운 없게) 차라리 동냥아치로 살아야 할께 벼요.

신문관   말 같잖은 소리는.

최봉엽   하도 깝깝해서 그러죠.

신문관   식구들 생각은 안 혀? 수가 생기겠지.

최봉엽   뭔 수요?

신문관 다들 욕보고 있잖어.

최봉엽 다들? 누구? …. 조합 말이요?

신문관 그러지. 젊은 사람들이 맡겨달라고 했으니 믿어봐야지.

최봉엽 젊은것들이 뭘 알아서요.

신문관 일자무식인 우리보다야 낫겠지. 장 선생님이랑 용선이, 요섭이, 만석이 갸들이 열심히 하더라고. 청년회도 만들고, 농민조합도 만들고. (눈치를 보며) 서수도 조합 만든 것은 동상도 알지?

최봉엽 조합이 나랑, 성님이랑 뭔 상관이라요?

신문관 하도 똑 부러지게 말을 잘해서 나도 이름 올렸어.

최봉엽 뭔 이름이요?

신문관 조합에 가입했다고.

최봉엽 성님이요?

신문관 그러지.

최봉엽 왜요?

신문관 청년들이 마을 살리겠다고 욕보는데 나이 먹은 사람이 뭐라도 도와야지. 그래서 정영운이로, 최은엽이로, 고리고리로 같이 이름 올리라고 혔지.

최봉엽 나는요? 나한테는 왜 말도 안 했어요?

신문관 동상은 야학이랑 조합이랑 말만 꺼내믄 하도 승질을 내싸서.

최봉엽 내가 언제 승질을 내요?

신문관 그래서 지금 자네랑 야학당 가는 거 아녀. 가서 자네 이름도 올리세.

최봉엽 그거 가입한다고 뭐가 달라져요?

신문관	가만히 있는 것보담야 안 낫겠는가.
최봉엽	태성이는 어릴 적부터 본 조카 같은 앤데, 성님은 암시랑 안 해요?
신문관	그게 뭐 어때서? 갸가 언제 한 번이라도 어긋난 적 있던 가? 윗사람헌티도 잘허고.
최봉엽	그거야 여그 사람은 다 알지요. 아는데….
신문관	지금도 고향 사람들 한글 갈쳐준다고 야학을 허니 얼매나 기특혀.
최봉엽	그건 또 그렇지요. 글도 태성이가….
신문관	동상, 태성이가 뭐여. 장 선생님이라고 허든가, 장 지부장 님이라고 해야지.
최봉엽	지부장은 무슨….
신문관	서수농민조합 지부장님이여.
최봉엽	아무리 그래도 열아홉이에요. 열아홉.
신문관	나는 열아홉이라서 더 대단하다고 봐. 스무 살도 안 됐는 데 청년회고 조합이고 다 간부를 맡았잖어.
최봉엽	허기사, 같이 어울리는 애 중에도 젤로 어린디 용해요, 용 해.
신문관	그거 큰 벼슬이여, 벼슬.
최봉엽	암만 그리도 나는 쪼까 껄쩍지근해서.
신문관	마흔 넘어서도 옳은 소리 한마디 못 허고 사는 반푼이보담 야 훨씬 낫지.
최봉엽	지금 나 보고 하는 말인개비?
신문관	그러지. (손사래 치며) 아녀. 동상이 아니라, 나헌티 헌 말이 여. 나헌티.

• 비손을 마치고 오는 명도댁·내동댁이 옥신각신하는 신문관·최봉엽과 마주친다.

내동댁   닭 모가지를 삶아 드셨는가, 목청이 짱짱하네요.

최봉엽   내동댁은 어디서 내동 뭘 하다가 와?

내동댁   노을 보다가, 새 보다가, 별 보다가, 달 보다가….

명도댁   세상 구경하다 세월 가는 줄 몰랐네.

신문관   우리는 시방 야학당 가는고만요.

내동댁   도조 땜시요?

신문관   그러지. 옥구조합 김준철이가 야학당으로 모이라고 했다드만.

최봉엽   그런 거였어? 거, 진즉 말을 하지.

내동댁   아재, 7.5할이믄 얼마래요? 기가 차서 말도 안 나와요. 참말로 뭔 수를 내야 쓰겠어요.

최봉엽   뭔 수? 우리 같은 농투사니가 무슨 힘이 있어서.

신문관   이 사람이 괜히 애먼 사람헌티 심통이고만. 맘에 두지 마소.

최봉엽   내년 농사는 애초에 작파하는 것이 나을랑가벼.

내동댁   농사꾼이 농사 안 짓고 뭐 허실라고요?

최봉엽   배 타고 나가서 서대 잡고, 꽃게 잡고, 갯벌서 조개라도 캐믄….

명도댁   거기라고 맘 편할까? …. 우리네 세상살이가 어찌해서 고린내만 고이는지 모르겠네.

내동댁   조합이 있잖아요. 이럴 때 한마디 하려고 조합 만든 거 아니겠어요?

최봉엽   갸들은 농투사니 아니던개비.

내동댁 배운 사람들이잖아요. 옥구 임피 서수서 똑똑한 사람은 죄다 있으니 뭐가 달라도 다르겠지요.

최봉엽 태성이 갸는 아직 스무 살도 안 됐다니까.

명도댁 나이가 뭔 대수여. 장 선생님만치만 다부지고 당당하믄.

- 새들이 날아오르는 소리가 요란하다.
- 백승일이 팔을 크게 휘저으며 나온다.

백승일 야, 이 화적 떼 같은 놈들아. 시방 여그서 무슨 작당 모의를 하고 있냐?

신문관 작당 모의라니요?

백승일 작당 모의 아니믄, 배창시가 따땃하니 짝 맞춰서 마실 나왔냐? 팔자 좋구나.

내동댁 하도 팔자가 좋아서 엊그제 타작하고도 콩나물죽 쑤어 먹고 나왔고만요. 시아비가 미두장서 받은 개평으로.

백승일 콩나물죽? 것도 별미라믄 별미지.

신문관 없는 사람한테는 콩나물죽 한 그릇도 천하 별미지요.

백승일 물만 마셔도 배 속에서 콩나물이 쑥쑥 자라니 하루 점드락 배부르겠네.

내동댁 까딱허믄 배창시 터져버리겠네요. 참말로.

백승일 혹시 모릉게 허리띠 잘 졸라매드라고. (한 사람씩 훑어보고) 나헌티 뭔 헐 말 있는가? 아니믄 상호 간에 헐 말 있는가? 없는 것들이 모여 있으믄 생떼거지 쓸 생각만 하지. 시방 암시랑토 않은 도조 가지고 이래라저래라 하는 작자들이 있더라고. 매급시 모여 있들 말고 동남서북 사방팔방으로 흩어져.

- 내동댁이 나서서 뭔가를 말하려고 하면 명도댁이 말리며 데리고 나
간다.
- 백승일이 신문관과 최봉엽을 반대 방향으로 쫓아낸다.

백승일 (뒷모습을 보며) 내가 니들 속을 모를 줄 아냐? 내가 이미 네
놈들이 보낸 것들을 된통 혼쭐내서 쫓아버렸다. 7.5할이면
거저지, 거저. 배가 부른게 무담시 헛생각에 헛소리만 허고
자빠졌어.

- 오춘심이 나와서 백승일 앞에 선다.

백승일 (놀라며) 너는 또 어디서 갑자기 나왔느냐?
오춘심 나으리. 높은 자리 있을 때 말씀 좀 잘 해주시라니까요.
백승일 높은 자리는 무슨 높은 자리?
오춘심 임피 옥구에서 어르신 다음이 나으리잖아요.
백승일 그야… 그렇지만서두. (귀찮다는 듯) 네 청은 내가 들을 말도
아니고, 옮길 말도 아니다. 너나 나나 누울 자리를 보고 누
워야지.
오춘심 어르신이 레코드판 만드는 회사랑 연이 있는 것은 확실하
지요?
백승일 그것이사 확실하지. 돈푼깨나 있는 사람들은 상호 간에 모
르는 사람들이 없더라고. 우리 어르신이 전주고 경성이고
안 다니는 곳이 없어.

오춘심   그러니까 말 좀 잘 전해달라고요.

백승일   (찌푸린 상으로 고개를 끄덕이다가) 우리 어르신이 너를 각별하게 생각해서, 춘심이 너한테 음반회사 사장님을 소개해 줬으면 쓰겠다, 그 말이잖아?

오춘심   맞아요. 나도 레코드판 좀 내게.

백승일   우리 어르신이 시방 봉사와 선의로 수십 년 동안 해마다 수백 명을 구제하는 사업으로 정신없이 바쁘신 것은 잘 알지?

오춘심   구제 사업이요?

백승일   춘심이도 잘 알겠지만, 우리 어르신이 시방 일 년에 만 석 가량 추수를 허시지. 그리고 소작인이 한 천 명 가까이 되지. 그러니까 식솔까지 하면 수천 명의 신민한테 논을 주어서 먹고살게 허니, 이것이야말로 큰 구제 아녀?

오춘심   (비꼬며) 네. 참 장하십니다! 소작료를 안 받고 공짜로 주시나요?

백승일   나 원 참. 제 논을 도지도 안 받고 그냥 내주는 호구가 어디 있냐? 암튼, 나는 춘심이 너랑은 볼일 없으니 갈란다. 춘심이 너까지 순서가 돌아가려면 군산 앞바다가 육지가 돼도 안 될 것이여.

- 백승일이 도망치듯 나가면 오춘심이 바짝 붙어 따라 나간다.
- 풀벌레 울음이 커진다. 어두워진다.

3막 〈소작쟁의가 무엇〉

- 야학당 안.
- 김준철, 김행규, 이진섭, 장태성이 있다.

김준철 소작쟁의는 이미 오래전부터 전국 곳곳에서 벌어지고 있어.

장태성 일제가 토지조사사업을 시작하면서 농민 80%가 농지를 뺏겼거나 경작권을 잃어서 소작인이 됐다고 들었어요. 그러니 당연한 결과죠.

김준철 맞아. 우리는 5년 전, 전남 순천에서 시작한 소작쟁의를 살펴봐야 해. 배워야 할 게 많거든.

장태성 신문에서 본 것 같아요. 참여한 농민 숫자가 꽤 많았다죠?

이진섭 그래 봐야 기십 명, 많아야 백여 명 아니겠어?

김준철 백여 명? 집회에 참석한 농민 숫자만 순천 쌍암면에서 천 명이야.

다같이 천 명이요?

김준철 소작쟁의를 가장 먼저 시작한 순천 서면은 천육백여 명.

다같이 천육백?

이진섭 순천 사람들 겁도 없네.

장태성 집회에서는 무슨 이야기를 했답니까?

김준철 농민대회에서 채택한 8개의 결의문이 있지. 요구사항 대부분은 지주들과 소작인들이 합의를 봤어.

장태성 합의요? 그럼 요구사항이 다 지켜졌어요?

김준철 당장은 그랬지.

장태성 당장이라니요?

김준철 합의와 실천은 다른 문제거든.

장태성 어떤 내용을 합의했는데요?

김준철 첫째, 소작권 이동 반대.

장태성 소작권을 함부로 뺏지 않는다는 말이죠?

김준철 뺏을 수 없다는 말이지.

김행규 소작권을 포기했다고요? 지주들이 소작농을 머슴처럼 부리는 젤로 큰 거시긴데 그걸…?

김준철 그만큼 농민들이 무서웠던 게지. 두 번째는 지세 공과금 지주 부담.

이진섭 둘 다 기가 막히는 이야기고만!

김준철 셋째, 소작료 4할제.

다같이 4할제?

이진섭 소작권에, 세금에, 소작료 4할까지. 극락이네, 극락.

김준철 전국 최초 소작료 4할 관철! 순천군청의 중재가 있었다고 해도 그 시작은 농민회연맹, 소작인조합운동, 농민대회연합회와 같은 농민들 공동체인 거야.

장태성 그럼 우리도 가능하다는 이야기지요?

김준철 맞아.

장태성 우리도 조합운동을 하면서 똘똘 뭉치면 소작료 인하도 할 수 있다는 말이죠?

김준철 우리의 꿈이 꿈만은 아닌 거지.

김행규 말만 들어도 너무 신나요.

김준철 일부 농민은 기세를 몰아서 지세 반환 투쟁까지 결의했지.

장태성 지세 반환 투쟁이요?

김준철 지주 대신 부당하게 냈던 토지세와 공과금을 돌려달라는 거지.

이진섭 저런, 저런. 욕심이 과했네.

김행규 욕심? 당연한 거시기고만.

이진섭 급히 먹으면 체한다고. 하나씩, 하나씩, 시나브로 해야지.

김준철 무엇이 옳은가는 논쟁을 해봐야겠지.

김행규 김준철 위원님, 장태성 지부장님에게 너무 거시기한 것만 들려주시는 것 같은데요. 지주들이 호락호락 당할 리 없지 않습니까?

김준철 맞아. 농민들의 요구에 몇몇 지주는 소작인이 대신 낸 세금을 돌려주기는커녕 그해 세금까지 강제로 내라고 했어. 면서기와 마름을 동원해서 지세를 내지 않으면 소작권을 뺏겠다고 협박도 했지.

이진섭 거봐. 사달이 났지.

- 최봉열과 신문관이 들어온다. 모두 반겨 맞는다.
- 장태성이 두 사람에게 깍듯이 인사한다. 신문관은 맞절로 화답하고, 최봉열은 쑥스러운 듯 고개를 돌린다.

신문관 늦었네. 봉열이랑 같이 왔어. 조합 가입시킬라고.

김준철 아재들, 잘 오셨습니다.

신문관 다들 아는 얼굴이라 따로 인사할 것은 없겠네.

최봉열 니들 뭔 작당질을 허는가, 볼라고 온 거여.

이진섭 작당질 같이 하려고 오신 것 아니고요?

최봉열 한번 들어보고. 뭔 얘기들 하고 있었어?

이진섭 순천이나 옥구나 지주 마름 놈들은 다 같은 족속이구나, 그런 말이요.

최봉열 하나 마나 한 소리를 하고 있었네.

장태성 김준철 위원님이 순천 농민들의 소작쟁의를 들려주고 있었어요. 지주들이 집회에 참여한 소작농들의 소작권을 박탈했다, 거기까지요.

신문관 소작권을 박탈했다고? 식구들은 뭘 먹고 살라고.

최봉열 때려죽일 놈들. 소작권이 종기에 붙이는 고약인 줄 아나, 떼었다 붙였다 하게.

이진섭 아재, 소작권이 고약이면, 소작농이 종기요?

신문관 그러지. 종기 맞네. 소작농들 맴이 다 썩고 곪아서 시름시름 앓다보니 고름이 한가득 아닌가?

최봉열 아따, 그거 말 되네.

김준철 남의 집 논을 소작으로 부쳐 먹는 이들의 마음은 모두 같을 겁니다. 그래서 악질 지주들에게 소작권을 뺏긴 순천의 농민들도 서로 도우면서 버텼지요.

장태성 결국, 소작료 4할제는 안 지켜진 건가요?

최봉열 소작료 4할? 그런 세상이믄 맨날 떡도 해 먹겠네.

장태성 순천 농민들이 농민대회에서 지주들하고 소작료 4할제에 합의했었대요.

김준철 합의가 지켜진 곳도 있고, 그렇지 않은 곳도 있고…. 일부 지주는 소작료 4할제를 파기했지. 순천농민연합회는

악독 지주, 악덕 지주에 맞서서 소작료 불납동맹을 조직
했고.

최봉열 소작료 불납동맹이 뭔 말이여?

이진섭 설마 소작료를 안 내겠다는 말인가요?

신문관 어떻게 그럴 수가 있어. 아예 안 내겠다는 것은 말도 안
되지.

최봉열 뭐가 말이 안 돼? 지들은 우리한테 어떻게 했는데.

신문관 지나가다 처마 그늘에 비만 조께 피했어도 그 집 공덕을
고맙게 아는 것이 사람 도린디, 다만 얼매라도 내야지.

이진섭 비는 피했지만, 구정물을 쫙 찌크렀는디요? 구정물 잡수시
니 시원허시등가요? 게 껍딱지에다 쌀밥 비빈 것맹이로?

신문관 시방, 우리가 뉘 덕에 요만치라도 살았는가? (작은 소리로)
이때까지 농장서 소작 안 부쳐줬으면 진즉 굶어 죽었어.

김준철 아재 마음 짐작합니다. 아마 우리보다 먼저 조합 만들고,
소작쟁의를 한 곳은 모두 이런 논쟁이 있었을 겁니다.

최봉열 소작료 불납은 어떻게 됐어?

김준철 소작쟁의가 격렬하게 전개되면서 많은 지주가 다시 약속
을 이행하겠다고 했죠. 그래서 가장 강성했던 곳은 소작료
3할까지도 시도했답니다.

김행규 3할이요?

최봉열 소작료 불납이 쎄긴 쎄고만.

김행규 위원님 말씀만 들으면 소작료 거시기가 너무 쉬운데요.

김준철 어렵고 힘들고 아픈 이야기는 아직 시작하지 않았으니까.
…. 투쟁하는 과정에서 수많은 농민회 간부가 구속되었습
니다.

신문관   구속? 그 사람들 가족들은 어떡하라고?

김준철   지주들은 간부들이 구속된 틈을 노렸죠. 밉보인 소작농들의 소작권을 다시 박탈했고, 토지세도 강제로 징수했습니다.

이진섭   악랄하고만. 결국, 지주들은 절대 믿을 수 없다는 말이지.

장태성   합의를 도왔던 군청 직원이나 경찰들은 가만히 있었나요?

김행규   오히려 더 심하게 거시기했겠지. 행정과 법은 가진 놈 편이거든.

김준철   맞아. 농민들과 분쟁이 생기면 그들은 무조건 지주의 편을 들었지.

최봉열   우리가 진정서 냈을 때 거꾸로 된통 당한 것맹이네. 판사가 꼭 백 마름같이 생겼더만, 순천 순사들도 다 그놈같이 생겼을 거여.

김준철   더 큰 문제는 농민들 속에서 나왔습니다. 소작권을 빼앗긴 조합원과 새로 소작권을 얻었거나 소작지가 늘어난 농민들 사이에서 격렬한 몸싸움이 벌어지기 시작한 거죠.

김행규   그것도 다 지주 놈들이 거시기한 것이겠죠?

김준철   그렇다고 봐야지. (한 사람씩 눈을 맞추고) 이엽사농장에서 7.5할의 현물 납부를 통보한 이후 우리도 소작료 문제가 현실이 됐습니다.

장태성   우리는 어떻게 해야 합니까?

김준철   순천의 사례가 있으니 참고해서 대처하면 될 거야. 쉽지는 않겠지만.

최봉열   7.5할이면 정확히 얼마여?

김행규   4분의 3이요.

최봉열 수차례 들었어도 믿기질 않어. 일본 세상 되고 지주들이 지들만 좋게 일방적으로 올리니까 정신이 없고만. 성님, 예전에는 얼매나 줬대요?

신문관 우리 할아버지 때는 땅 주인한테 3분지 1만 주면 되었다고 혔어.

최봉열 말이 나와서 그런디, 여 조합에서는 뭘 어떻게 했다는 거여?

김준철 옥구농민조합 장공욱 위원장과 간부들이 이엽사농장에 여러 차례 방문해서 4.5할로 낮춰달라고 말했죠.

최봉열 7.5할 달라는 놈헌티 4.5할은 씨알도 안 먹힐 소리지.

이진섭 욕만 직살나게 먹고 왔지요.

신문관 백 마름은 뭐라던가?

이진섭 말해 뭐 해요. 일본인 지주도 그렇지만, 지주 등에 업은 친일파 마름 놈들이 더 문제예요.

신문관 그렇지. 아는 놈이 더 무서운 법이여. 예전부터 그랬어.

최봉열 소작농 고혈 빨아 가는 게 고부 농민 쥐어짜던 조병갑이랑 다를 게 없어. 확 뒤집어엎어야 할랑가비여.

• 잠시 정적. 서로를 바라보기만 하며 쉽게 말을 꺼내지 못한다.

이진섭 해도 해도 너무하잖어. 지렁이도 밟히면 지랄을 허는 건디.

김준철 힘을 모아주시겠습니까?

최봉열 뭔 수는 있고?

김준철 다시 찾아가야죠.

김행규 농장이 거시기할 리 없잖아요.

김준철　될 때까지 가야지.

김행규　계속 거시기한다고 하면요? 씨알도 안 멕히면요?

최봉열　(대자로 뻗으며) 배 까고 둔눠. 도조 못 내겠다고. 안 내겠다고. 불납허겠다고.

신문관　불납? 그러다 소작지 반으로 잘리면 어쩔라고.

최봉열　(벌떡 일어나) 어쩌긴. 처자식 몽땅 데리고 그 집 앞에 가서 굶어 죽어야지.

신문관　되도 않는 말 말어.

최봉열　우리 소작지는 성님이 받으쇼. 바닥 깊고 물길 좋은 고라실이라 금방 부자 되시겠네.

신문관　이 사람아, 말 함부로 허들 말어.

최봉열　우리 팔자 어떤지 모르시우? 육즙 나게 일하고, 뼈가 휘게 일해도 밤낮없이 뺏기지 않소.

신문관　그걸 몰라 그런가? 1년 농사 지믄 1년 더 부쳐 먹자고 통사정허고, 또 지나면 또 사정허고, 못 헐 일이여, 못 헐 일.

김행규　다들 거시기한 속을 왜 몰라요. 다 똑같은디.

신문관　종자 대금 내고 나면 토지수리비에 제공과금에, 비료대, 농기구대, 운반비, 수리 조합비, 수세, 지세, 마름 아들 귀빠진 날에도 삼신상 차릴 생쌀을 내라고 하니.

최봉열　그러니까 배 까고 둔눠야지.

이진섭　그만하소. 아재들 넋두리 듣다 체허겠소.

신문관　딸린 식구가 야닮이여, 야닮. 당장 목구녕이 포도청인디 어쩌.

• 신문관이 나가려고 하면 최봉열이 붙잡는다. 뿌리치고 나간다.

김행규 (신문관이 나간 쪽을 보고) 아재요, 그러니까 거시기라도 해야
죠. 언제까지 지주들 처분만 보고 살 순 없잖아요.

장태성 아재들이 그리 살았으니 우리도 그리 살아야 합니까? 우리
도 그리 살면, 나중에 우리 자식도 그러고 삽니다. 우리 자
식들도 우리처럼 속수무책 당하고 삽니다. 대대손손 그런
세상 살기를 바라십니까?

이진섭 그만해. 용천배기 콧구멍에서 마늘씨를 뽑아 먹고 말지.

김준철 장 지부장 생각은 어때?

• 장태성이 큰 숨을 쉬고, 근처에서 종이 한 장과 붓, 사발을 찾아 사람
들 사이에 놓는다.

장태성 정처 없이 흘러가는 말보다 이것이 더 확실할 겁니다.

최봉열 뭐여, 이게?

장태성 할아버지에게 들었습니다. (종이 가운데 사발을 거꾸로 놓고) 30
여 년 전, 전라도 고부 땅 기십 명의 농민이 종이 한가운데
에 사발을 거꾸로 놓고 각자 이름을 적었답니다.

이진섭 왜?

장태성 일이 잘못돼도 누가 주동자인지 알 수 없으니까요.

최봉열 갑오난리 말인개비네. 이게 사발통문이여.

장태성 맞습니다. 갑오년에 농민들이 떼죽음을 당했던 그 사건
이요.

이진섭 왜, 너 혼자 주동자로 몰려서 몰매 맞고 징역 살까 두렵냐?

장태성 매질이 두렵지 않은 사람이 어디 있습니까?

김행규 우리는 이런 게 필요 없잖아. 누가 조합장이고, 위원인지

다 아는데.

장태성 실은 그렇지요. 매질도, 봉변도, 징역도 모두 두렵지만, 피하지 않을 겁니다.

최봉열 이건 왜 쓰자는 거여?

장태성 큰일 앞두고 자기 이름을 적으면서 각오를 다지고, 서로의 이름을 보면서 결기를 다졌으면 해서요.

김준철 결기? 좋은 생각이네. 동무의 이름이 곁에 있는 것만으로도 든든하겠지. (붓을 들고) 저부터 적겠습니다. (모두를 둘러본 뒤 다짐하며) 옥구농민조합 집행위원인 김준철은 서수조합원들과 뜻을 함께하며 이름 석 자를 적는다. (이름을 쓰고) 부모님이 주신 이름에 부끄러움이 없도록 행동할 것이다.

• 김준철이 붓을 들어 다음 사람을 기다린다.

이진섭 (최봉열을 보며) 아재가 젤 연장자니까.

최봉열 그려? 지금은 내가 제일 연장자지.

• 최봉열이 호기롭게 붓을 들지만, 곧 망설인다.

이진섭 왜 그러세요? 이름 쓰려니까 무서워요?

최봉열 그것이 아니라 실은….

이진섭 겁나면 빠지세요. (붓을 뺏고) 저부터 쓸게요. (붓을 들고 어렵게 '李' 자를 쓴 뒤 머뭇거리다가 헛웃음을 짓고) 이게 뭐라고…. 내 이름이….

최봉열 자네 이름은 이 자, 진 자, 섭 자, 이진섭이여.

이진섭 (붓을 든 손을 유난히 떨며) 저도 제 이름 압니다. (헛기침하고) 잘 안 써지네요.

최봉열 긍게. 그게 그렇더라고. 이게 뭐라고.

이진섭 (붓을 놓고) 못 쓰겠어. 안 써.

　• 이진섭이 도망치듯 나간다. 신문관이 들어오며 이진섭을 다시 앉힌다.

최봉열 성님, 어찌 다시 왔소?

신문관 나 어디 안 갔어. 시종 문밖에 앉아서 듣고 있었지.

장태성 그러실 줄 알았습니다.

신문관 식구들 생각해서 나갔는데, 식구들 생각해서 다시 돌아왔네. 자식들은 우리처럼 안 살아야 한다는 장 선생님, 아니 장 지부장님 말씀이 귓가에 맴돌다가 가슴에 꽂히더구만. 내가 나이를 헛먹었어.

장태성 (신문관의 손을 잡으며) 아재, 고맙습니다.

신문관 내가 고맙지. 죄다 청년들이 모인 조합에서 내가 무슨 소용이 있을까 몰라. 나 때문에 우세 사는 일이나 없어야 할 것인데.

장태성 아재가 계셔서 우리는 더 단단해질 겁니다.

신문관 (붓을 들고) 나는 까막눈이라 이름을 못 써. 손도장도 되지? (손바닥을 펴서 그리며) 나 신문관은 장태성 지부장님과 뜻을 함께한다.

최봉열 (종이에 손을 올리며) 성님, 내 것도 그려주소. 어쨌거나 나도 같이한다. 뭐든.

- 이진섭이 계속 망설인다. 최봉열이 이진섭의 손을 잡는다. 천천히 놓는다.

김행규   다음은 제가 할게요. (붓을 들고) 이거 은근히 긴장되는데요. (이름을 쓰며) 나 김행규는 내 이름을 적으면서 하늘을 우러러 한 점 부끄럼이 없을 것을 약속한다.

- 김행규가 장태성에게 붓을 넘긴다.

장태성   (이름을 쓰며) 나 장태성은 부모님이 주신 이름을 여기에 쓰며 소작료 인하를 비롯해 서수 농민들의 권익을 보호하는 일에 최선을 다할 것을 약속한다.
최봉열   멋지고만! 나 결심했어. 장태성이가 이제부터 내 선생님, 아니 지부장님이다. 장 지부장님 제가 잘 모시겠습니다요.
장태성   호칭은 편하게 하시고요. 대신 신문관, 최봉열 두 분은 이제부터 야학에도 나와서 공부하셔야 합니다.
최봉열   그건 쪼까 껄쩍지근한디. 하하하.

- 모두 웃는 사이에 이진섭이 슬그머니 나간다.

신문관   (이진섭이 나간 쪽을 보며) 어쩌겠는가. 힘없는 농사꾼들이 맨날 이렇게 살아온 것을….
장태성   이해합니다. 지금은 이 종이에 빈 곳이 많지만, 조만간 서수조합 농민들의 이름과 이름을 대신한 손도장이 빼곡하게 채워질 겁니다. 망설이고, 머뭇거리고, 주춤거리겠지만,

결국은 한마음인 것을 보여줄 겁니다. 저는 우리 조합원을 대표해서 더 당당하게 나설 겁니다. 앞장서서 싸울 겁니다.

• 모두 손뼉을 친다. 어두워진다.

4막 〈이 풍진 세상〉

- 백승일의 집. 축음기에서 〈이 풍진 세월〉(1923)이 들린다.
- 백승일은 누워서 손바닥 장단을 맞추고, 오춘심이 다리를 주무른다.

오춘심 어르신이 음반회사 사장님이랑 아주 친한 사이라면서요?

백승일 어디서 무슨 얘길 들었는지 모르겠다만, 친구든 웬수든 나는 모른다.

오춘심 이 풍진 세상에서 나의 희망은 레코드판 한 장 내는 것이니 어르신이 전화 한 통만 해주시면….

백승일 춘심아, 제발 정신 좀 차려라. 축음기 음반에 녹음한 소리꾼들은 조선 팔도에서 난다 긴다 하는 기생들 아니냐?

오춘심 내가 그 기생들보다 못한 것이 뭐요?

백승일 네 소리가 남도 명창 신옥란이, 신진옥이, 신연옥보다 좋다는 말이냐?

오춘심 남들이 그럽디다. 내 소리가 훨씬 좋다고. 내 소리도 레코드판에 박아야 한다고.

백승일 춘심이 네가 언제부터 명창이었더냐?

오춘심 아무렴 설익은 10대 기생들보다 못할까? (돌아앉으며) 내가 진짜 명창이면 녹음 안 하지. 소리를 하려면 완창을 하든지, 아니면 제법 길게 한 대목이라도 해야 하는데 레코드판에서 소리라고 들려주는 게 고작 담배 한 대 참 아니요. 불러봐야 장타령 아니면 염불인데…. 돈도 얼마 안 준답디다.

백승일 춘심이 네년 주둥이에다 도롱태를 달았느냐? 어찌 그리 주둥이가 때르르, 때르르, 허니 방정맞냐? 떠들지 말고 다리나 계속 쳐라.

오춘심 싫소. 내가 안마장이도 아니고. 백 마름님 다리는 천 명이나 되는 소작농들 불러다 치라고 하시오.

• 장태성과 김행규가 헛기침하며 들어온다.

김행규 백 마름님, 계십니까?

백승일 너희는 누구냐? 춘심아, 저놈들이 뉘 집 자식이냐?

오춘심 저 청년은 야학하는 장태성 선생님인데.

백승일 야학? 돈을 달라고 온 모양이구나.

오춘심 그 옆은 옥구농민조합 장공욱 위원장님이랑 같이 온 분인데. 기억 안 나요?

백승일 내가 저딴 놈을 왜 기억해야 하느냐?

오춘심 (김행규에게) 지난번에 왔었죠? 이름이?

김행규 저는 김행규라고 옥구농민조합 서수지부 조합원이고, (장태성을 가리키며) 여기는 우리 지부장님입니다.

오춘심 장태성 선생님은 조합 일도 하나 보네.

장태성 드릴 말씀이 있어서 왔습니다.

백승일 그 말씀이란 것이 뭔 줄은 안 들어도 알겠네.

오춘심 나도 알겠네.

장태성　사장님을 직접 뵙고 말씀드리고 싶습니다만.

백승일　우리 어르신이 네놈을 만날 만큼 한가한 줄 아느냐? 고 얀 놈.

오춘심　나도 두 달째 조르고 있는데 코털도 못 보고 있다오.

장태성　사장님 면전에서 직접 말하고 싶으니 만나게 해주시오.

백승일　해주시오? 어린놈 말이 짧구나.

장태성　오는 말이 짧으니, 가는 말이 길 수 있겠소?

백승일　버르장머리 없는 놈. 네놈 아비가 누구냐?

장태성　내 아비가 아니라, 내 이름을 다시 말하리다. 내 이름은 장 태성이고, 옥구농민조합 서수지회 지부장이며, 조선청년총 동맹 전북연맹 소년부 위원이오이다.

백승일　장하다, 장해. 그리 장해서 우리 사장님 논 부쳐 먹는 소작 농이다냐?

장태성　소작농 아들이라 농민조합 일을 하는 것이오.

백승일　그럼 네 벼슬도 우리 어르신 덕이로구나. 네놈들이 우리 어르신을 직접 만날 이유가 뭐냐? 소작을 주시어 백골난망 이옵니다, 하고 절을 하려느냐?

장태성　무엇을 하든 내가 알아서 할 것이니 만나게나 해주시오.

백승일　건방진 놈. 네놈하고는 한마디도 하고 싶지 않으니 썩 물 러가라.

김행규　제가 먼저 말씀드리지요. 네 가마당 세 가마씩 거시기를 내라는 것은 암만해도 거시기해서요.

백승일　거시기? 거시기가 뭐냐? 춘심아, 너는 거시기가 뭐시긴 줄 알겠냐?

오춘심　쫌 거시기허다 그거지요.

백승일 쫌 거시기혀? 뭐가 쫌 거시기혀? 자네들 참말로 이상스럽네. 소작료를 내기 싫으면 우리 어르신에게 소작을 반납하고 농사를 작파하면 그만. 아니 그런가?

오춘심 옳은 말씀입니다.

백승일 이보시게. 소작 경쟁이 보통 심한가? 논 한 자리를 두고 김가, 이가, 박가, 장가 여럿이서 제각기 서로 부치려고 청을 대는 판국이여. 내가 우리 어르신 명을 받들어 장가에게 소작을 안 주고 김가에게 몽땅 줬으면, 장가와 그 일족은 급기야 굶어 죽고 말았을 것인데, 우리 어르신이 장가에게 적선해서 한 가마니라도 얻어먹게 해주는 것 아닌가. 춘심아, 아니 그러냐?

오춘심 참으로 옳은 말씀입니다.

백승일 참 기가 맥혀서…. 춘심아, 내가 오래 살다 보니 별일을 다 겪는구나.

김행규 올해는 재난이 겹쳐 흉작에 흉작이라 소득도 얼마 없는데 7.5할을 내라고 하시면….

백승일 네놈들이 정녕 배가 단단히 부른 모양이구나. 우리 농장이 죄다 도조를 7.5할로 정했으니 얼마나 좋으냐. 소작 계약에도 씌어 있지만, 흉년이 들어서 추수가 덜 났다거나 아예 없어도, 딱 7.5할로만 정했으니 소작인은 정한 대로 도조를 물기만 하면 되지 않느냐. 만약 흉년이라고 도조를 감해주기로 든다면, 반대로 풍년이 들어서 벼가 월등 많이 나는 해는 도조를 더 받아도 된단 말이냐? 싫겠지? 거봐라, 그러니까 흉년입네, 풍년입네, 하고서 도조를 감해달라고 하는 것은 공연한 떼지. 춘심아, 아니 그러냐?

오춘심 옳은 말씀입니다.

김행규 수확한 쌀의 4분지 3을 거시기로 내고 남은 것으로 비료대, 수세, 지세, 공과금, 운반비, 포장비를 내고 나면 손에 남는 쌀은 겨울을 나기에도 턱없이 부족한 걸 백 마름님도 잘 아시지 않습니까?

백승일 그래. 풍족하지는 않겠지. 너희가 원하는 게 얼마라고 했지?

장태성 4.5할입니다.

백승일 4.5할? 이런 화적 떼 같으니.

장태성 방금 화적 떼라고 했소?

백승일 그럼 마적단, 날강도라고 해야겠구나. 전국 평균 소작료가 4.8할인데, 그보다 훨씬 낮은 4.5할이라고? 순 날강도 같으니.

장태성 그렇지요. 전국 평균 소작료는 4.8할이지요. 그걸 아시는 분이 7.5할을 달라고 하십니까?

백승일 우리 농장의 소작료는 우리 어르신의 큰 뜻이 담긴 하명이시다.

장태성 전국 평균 소작료는 4.8할이지만, 전라북도는 적은 곳이 4.2할, 많은 곳이 4.6할로 징수하오. 전라북도의 평균 소작료는 4.4할이니, 우리가 말한 4.5할은 평균치보다 높은 것이고, 농장이 요구하는 7.5할은 정말 터무니없는 숫자가 아니오.

백승일 하, 이놈들이 희떠운 소릴 헌다. 그래 소작료를 안 낮추면 어쩔 것이냐?

장태성 소작료를 내지 않을 수도 있소.

백승일 네놈이 단단히 미쳤구나.

오춘심 정말 미쳤구나.

김행규 (오춘심을 데리고 한쪽으로 가며) 그쪽은 끼어들지 말고 나랑 거시기합시다.

백승일 우리 어르신께서 어르신 땅 가지고 어르신 맘대로 도조를 받는데, 어째서 소작하는 놈들이 간섭하려느냐? 어르신이 아시면 물고를 낼 일이니, 썩 꺼져라.

장태성 이대로 물러날 수는 없소.

백승일 절이 싫으면 중이 떠나는 법. 소작 짓기 싫으면 논을 내놓고 나가거라.

장태성 중이 없으면 절도 없는 법. 우리가 벼를 심고 가꾸지 않으면 그 논은 황무지에 불과할 것이오.

백승일 네놈이 지부장이라고 위세를 부리러 온 것이구나.

장태성 당신은 말귀를 못 알아듣는 것 같으니, 이제부터 당신과 말을 섞지 않겠소. 사장을 불러오시오.

백승일 어리석은 놈. 어찌 조센징이 세계에서 첫째가는 일본하고 싸우려고 하느냐?

장태성 당신은 조선 사람 아니오?

• 두 사람을 조심스레 보던 김행규와 오춘심이 가까이 와서 어찌할 줄 모른다.

백승일 조선? 지금 세상에 조선이 어디 있느냐? 그 나라 망한 지가 기십 년도 넘었거늘.

장태성 당신 스스로 조선 사람이 아니라고 했으니 지금부터 당신은 아무런 존대로 받지 못할 것이오.

백승일 네놈 좋을 대로 하거라. 네놈 아니어도 머리 조아리는 것들이 씨글씨글 논바닥 메뚜기 떼처럼 널렸으니. 지부장도 벼슬이라고, 네놈 위세가 참으로 대단하구나. 네놈들이 화적떼 같은 조합을 만들어서 노략질하려는 수작을 모를 줄 아느냐? 춘, 춘심아, 아니 그러냐?

오춘심 그, 그렇지요. 옳은 말씀입니다.

장태성 마름 놈 존귀하기가 군수나 관찰사보다 낫다더니만 정말 가관이구나.

백승일 뭐라고? (목덜미를 잡으며) 아이고 뒷골이야. 너 시방 뭐라고 했느냐?

김행규 (장태성의 소매를 잡으며) 장 지부장, 좀, 너무 거시기허지 않은가.

장태성 무례한 사람에겐 무례할 수밖에 없지 않습니까.

백승일 무뢰배 같은 놈이 나더러 무례하다고?

장태성 친일파 마름 놈아, 밤이 어둡다고 백 년 가도 날이 안 샐 줄 아느냐?

백승일 허, 백날 천날 날이 샌다고 일본이 망할 줄 아느냐? 어림없는 소리. 일본은 천하제일 부국이고, 천하제일 강국이거늘.

장태성 너는 조선에 사는 일본의 개로구나.

백승일 네놈이 그런 말을 하고도 무사할 줄 아느냐?

장태성 너도 오래 안 가서 객사할 것이니 두고 보자. 네 모가지에 작두날 내릴 때가 머지않았다. 하늘 맑은 날에도 기습 벼락을 조심하여라.

• 김행규가 장태성을 데리고 나간다.

백승일   (퍼질러 앉아서) 내가 네놈하고 무슨 원수가 졌다고 아무 죄
도 없는 나를 핍박하느냐? 이 극악무도하고 흉악한 놈. (쫓
아 나가며) 이 천하에 무도하고 몹쓸 놈아. 내가 가만있을 줄
아느냐?

• 축음기에서 〈이 풍진 세월〉이 다시 들리며, 어두워진다.

5막 〈소작료 불납 결의〉

• 야학당 밖. 내동댁, 명도댁, 신문관, 최봉열이 서성거리고 있다.

명도댁   우리 지부장님이 백 마름을 만났다면서? 왜 사이토 사장을 안 만나고?

내동댁   만나줘야 만나지요. 그 사장님은 애미산보다, 까끄뫼산보다 훨씬 더 높은 곳에 있다잖아요.

명도댁   우리 지부장님이 훨씬 더 높은 사람인데.

내동댁   태성이가, 아니 장 선생님이 높긴 뭐가 높아요? 일본 놈이래도 사장님이 높지.

명도댁   높은 사람은 돈이 많은 사람이 아니라, 큰사람이지.

신문관   그러지. 일본 사장은 돈만 많은 부자인 거고. 우리 지부장님은 어린 나이에도 우리 농민을 대표하는 분이 아닌가.

명도댁   그만큼 됨됨이가 바르고 덕과 지혜가 있다는 거겠지.

내동댁   아주머니는 태성이 깐난쟁이 때부터 다 보셨으면서.

명도댁   아무렴. 자네는 안 그런가? 자네가 더 잘 알지?

내동댁   어릴 적부터 똑똑했죠. 지금도 제 눈에는 어리지만.

명도댁   사람은 홀로 설 수 없어. 그 사람이 쓰러지지 않고, 부러지지 않고, 바르게 잘 설 수 있도록 우리가 옆에서 잡아줘야지. 그러면 앞으로 더 나은 사람이 되겠지.

내동댁   암요.

• 김행규가 들어온다.

최봉열   마침 오는구만. 자네가 같이 갔다면서?

김행규   싸움이 크게 나서 겨우 거시기허고 데리고 나왔어요.

최봉열   싸움?

김행규   달래고 어르고 사정을 해도 사이토 사장 코빼기도 안 보여
         주려고 하니까요.

내동댁   누가요?

김행규   백 마름이요.

내동댁   조선 사람이 조선말을 못 알아듣던가요?

김행규   자기는 거시기가 아니래요.

내동댁   거시기요? 여기서 거시기는 암만 생각해도 모르겠는데요.

김행규   조선 사람이요.

내동댁   조선 사람이 아니래요? 그믄요?

최봉열   일본 놈인가 보네. 닮기는 많이 닮았지.

명도댁   백 마름은 조선 놈도, 일본 놈도 아니고, 알아서 기는 놈이
         여. 모두 조심햐. 애당초 알아서 기는 놈이 젤 무서운 법이
         거든.

• 한바탕 웃음 뒤에 잠시 적막이 흐른다.

내동댁   그나저나 이제 어떻게 하면 좋을까요?

김행규   지부장이 모두 모이라고 했으니 무슨 말이 있겠지요.

최봉열　콱 뒤집어 버렸으면 쓰겠고만.

신문관　우리가 뭔 힘이 있어서….

김행규　힘 있어요. 장 지부장이 승질을 내니까 정말 무섭더라고요. (장태성을 흉내 내며) 친일파 마름 놈아, 너는 조선에 사는 일본의 개로구나. 네 모가지에 작두날 내릴 때가 머지않았다. 하늘 맑은 날, (눈치를 보다가 작은 소리로) 머지않아 일본 놈들에게 기습 벼락이 꽂힐 것이다.

최봉열　참말로 그랬다고? 욕봤네, 욕봤어.

명도댁　장 선생님이 어릴 적부터 아구똥한 것이 있었지.

- 장태성이 나온다. 다정하게 사람들의 손을 잡으며 인사하고 앞에 선다. 잠시 어두워진다.
- 탑천 옆 낮은 언덕.
- 백승일이 멀리 있는 야학당 쪽을 살피고 있다. 이진섭이 지나간다.

백승일　거기, 이진섭 군. 마침 잘 만났다.

이진섭　마름 어른, 거기서 뭐 하십니까?

백승일　네 아버지 만나러 가는 길에 새 구경 좀 하고 있었다.

이진섭　아버지요? …. 무슨…?

백승일　아버지 허릿병은 좀 어떠냐?

이진섭　…. 허릿병이요?

백승일　왜? 상전이 허릿병 걱정해 주니 송구허냐?

이진섭　그것이 아니라….

백승일　자혜의원은 가봤는가? 아, 군산도립의원으로 이름을 바꿨다지?

이진섭	저희 형편에 의원을 어찌 갑니까.
백승일	그런가? 마침 너를 만났으니, 대신 전하마.
이진섭	무슨 말씀입니까?
백승일	집을 당장 비워야겠다.
이진섭	집을요? 갑자기 그게 무슨 말이신지?
백승일	너희들이 지금 우리 농장 땅에서 무단으로 살고 있지 않느냐?
이진섭	무단이라니요. 농장의 허락을 받았고, 세도 꼬박꼬박 내는데요.
백승일	우리 어르신이 농장을 넓힐 계획을 추진하시는데, 거기부터 시작하신다는구나. 그러니 당장 집을 헐고 나가거라.
이진섭	왜 그러십니까?
백승일	농장을 넓히려고 그런다니까.
이진섭	곧 겨울입니다. …. 조합 때문입니까?
백승일	조합? 그깟 놈의 조합? 설마 너도 조합원이었더냐?
이진섭	저는….
백승일	그래. 너도 어쩔 수 없었겠지. 그 어린놈 성깔이 보통이 아니더구나.
이진섭	따로 드릴 말씀이 없습니다.
백승일	지금 조합원들을 모이라고 했다던데 너도 거길 가는 길이었겠지? 왜 모이라고 한 것이냐?
이진섭	저는…. 저는 잘 모르겠습니다.
백승일	몰라? 음…. 공사는 사나흘 뒤부터 시작할 것이다. 서둘러 집을 비워라. 아니다. 네 식구가 나가면 불을 싸지르는 것이 더 낫겠구나.

이진섭　아, 아마도 소작료 불납을 말할 것 같습니다만.

백승일　불납? 소작료를 안 내겠다고? 그게 말이 되느냐? 화적 떼 같은 놈들. 그게 말처럼 될 것 같으냐? 너도 빨리 가서 소작료 불납을 결의하거라. 내년에는 너에게 줄 농사가 없으니 네 식구 모두 살가죽이 붓고, 누렇게 들떠 있겠구나. 약 한 첩 쓰지 못한 네 아비는 불귀의 객이 됐으려나. 아, 집이 없으니 마을에서 벌써 사라져 소식도 들리지 않겠구나.

이진섭　아, 아닙니다. 소인은….

백승일　이 군, 내 뜻에 따르면 지금까지 일은 모두 덮어줄 수 있다. 내년에는 소작을 더 많이 줄 수도 있지. 집도 새로 지어줄 수 있고. 어떠냐?

· 이진섭이 천천히 무릎을 꿇는다. 어두워진다.

· 야학당 밖. 장태성이 농민들 앞에서 연설한다.

장태성　우리 소작농들은 해마다 이엽사농장을 비롯해 악덕한 지주들의 소작권 박탈과 무리한 소작료 인상 위협에 시달려왔소이다. 그 억울하고 비참한 심사는 부모와 형제와 자식의 근근한 호구를 염려하며 가까스로 억눌렀으나, 그 결과는 이엽사농장의 소작료 7.5할이라는 저열한 작태로 돌아왔소이다. 7.5할의 소작료를 받겠다는 것은 강도와 다름없는 것이오.

최봉열　강도를 때려잡읍시다.

내동댁　우리가 무슨 심이 있다고 때려잡아요?

최봉열　힘이 왜 없어. 내가 옥구씨름대회에서 염소 한 마리 탄 사람인디.

내동댁   암만요. 그쪽이 장사요, 장사.

• 이진섭이 들어오지만, 농민들과 어울리지 않고 지켜보기만 한다.

장태성   우리 소작농들은 가난하고 힘도 없지만, 우리만의 방식을
찾아 싸워야 할 것이오. 그것은… 부당한 소작료 납부를
당당하게 거부하는 것이오. 옥구농민조합 서수지회 조합
원들에게 이엽사농장의 가혹한 횡포에 맞서 소작료 불납
을 촉구하오.

내동댁   소작료를 내지 말자고요? 그래도 되는 건가요?

김행규   지금 거시기를 찾고 말고 할 상황이 아니지요.

최봉열   장 지부장, 그거 좋은 생각이네.

신문관   우리가 할 수 있는 게 그것밖에 더 있겠는가. 나는 위원장
의견에 적극 찬동허네.

장태성   옥구농민조합 서수지회는 조합원들의 뜻에 따라 소작료
불납을 결의하며, 소작료 불납 이행 사실을 모두가 볼 수
있도록 게시하고, 이엽사농장 측에도 통보할 것이오.

다같이   좋소! 부당한 소작료를 내지 맙시다!

• 농민들은 "이엽사농장 사이토 신이치는 강도다.", "우리는 부당한 소
작료 납부를 거부한다.", "소작 농민들은 우리가 할 수 있는 대로 싸울
것이다." 하고 외친다.

• 김행규가 농민들에게 '이엽사농장의 7.5할 소작료 납부 거부' 등이 적
힌 벽보를 나눠준다. 농민들은 곳곳에 벽보를 붙인다.

- 농민들이 "우리는 이엽사농장의 부당한 소작료 납부를 거부한다." 외치며 나간다.
- 장태성이 이진섭을 보고 손을 내민다. 이진섭이 망설이다가 손을 놓는다.

장태성   기다렸습니다, 형님.

이진섭   물어볼 말이 있어. 소작농들이 지주들을 이길 수 있을까?

장태성   소작농들이 지주들을 쉽게 이길 수 있다면 싸움은 시작조차 하지 않았겠지요.

이진섭   너무 당연한 질문을 했군. 소작농에게는 애초에 지주를 이길 힘이 없어.

장태성   우리의 운동은 힘이 있어서 하는 것이 아니라, 힘이 없으니까 하는 겁니다. 이기기 힘든 싸움, 아니, 질 수밖에 없는 싸움을 시작한 거지요.

이진섭   지는 싸움을 왜 하지?

장태성   싸우면서 우리가 살아 있다는 것을 증명해야 하니까요. 우리의 지는 싸움을 지켜본 우리의 다음 세대들은 결국 이길 것입니다.

이진섭   우린 먼 날의 희망이 아니라, 당장 오늘내일의 호구가 급해.

장태성   형님 마음 어찌 모르겠소. 나도 시시때때로 흔들린다오. 그러나 오늘과 내일의 호구가 우리를 더 배고프게 했고, 우리 부모와 식구들을 더 비참하게 했지요. 형님의 동생들도, 훗날 형님과 제 아이들도…. 우리는 오늘내일 죽을 수 있어도 우리의 미래는 죽지 않을 겁니다. 기필코 살아서 우리의 빛나는 죽음을 증명해 줄 겁니다.

- 장태섭이 가슴에서 두꺼운 종이(사발통문)를 꺼내서 이진섭의 몸에 숨기고 귀엣말한다.

장태성   형님이 수고해 주세요.

- 이진섭이 장태성을 밀친다. 장태성을 노려본다. 벽보 하나를 뜯어 쥐고 나간다.
- 홀로 남은 장태성. 벽서들의 모양새를 다듬는다.

장태성   (벽보를 보며) 이엽사농장은 우리의 소작료 불납 운동이 소작인 스스로 생존을 위한 최후의 몸부림임을 깨닫길 바라오. 소작인들의 억울함과 눈물을 소작료 불납으로 답해야만 하는 현실에 나 역시 절망할 뿐이오.

- 호루라기 소리가 요란하다.
- 무리의 경찰이 나와서 장태성을 둘러싼다.
- 경찰들 뒤에서 뜯긴 벽보를 손에 든 백승일이 나온다.
- 백승일 뒤에서 이진섭이 몸을 숨기고 사태를 살핀다.

백승일   저놈이오. 저놈이 나와 우리 어르신을 모욕하고, 협박했소이다.
장태성   모욕과 협박은 당신이 나와 조합원들에게 했지.
백승일   내가? 말을 지어내도 터무니가 있어야지. 나는 무서워서 저 작자 얼굴조차 볼 수 없으니 빨리 체포해 가시오.

장태성   내가 협박한 것이 무엇이냐?

백승일   소작료 7.5할을 4.5할로 낮추라는 무리한 요구가 협박이
고, 낮추지 않으면 소작료를 내지 않겠다는 것이 협박이다.
이 화적 떼, 날강도 놈아.

장태성   소작농들의 낟알 곡식까지 긁어 가려는 이엽사농장의 소
작료는 소작농과 가족의 생존을 위협하는 협박, 그 이상의
죄다.

백승일   네 죄가 그뿐인 줄 아느냐? 소작료 납부를 거부한다고? 우
리 어르신을 욕보이는 이 벽보를 붙이고, 선량한 신민을
선동하지 않았느냐?

장태성   소작료 불납 운동은 조합의 정당한 활동이다.

백승일   순사님들 뭐 하고 있소? 무고한 사람 협박하고, 충성스러
운 황국 신민을 선동한 몹쓸 도적놈을 잡아가지 않고. 저
런 놈은 징역 살면서 혼쭐이 나야 정신을 차릴 것이오. 아
예 사형을 시키시오.

· 경찰들이 장태성을 체포하고 연행한다.

· 명도댁과 내동댁이 달려 나와 연행하는 경찰들에게 저항하지만, 소용
없다. 장태성과 경찰들을 따라 나간다.

백승일   내가 가만두지 않겠다고 했지? 새파랗게 어린놈이 세상이
어찌 돌아가는지도 모르고 설쳐대더니 아주 잘되었다.

· 백승일이 장태성이 끌려간 방향을 향해 손가락질하며 웃는다. 〈이 풍

진 세월)을 흥얼거리며 천천히 걷는다. 이진섭이 백승일의 뒤를 조심스럽게 따라간다.

• 탑천 옆 낮은 언덕.

백승일　이제 나오너라. 보는 사람이 없으니.

• 이진섭이 백승일 앞에 나타난다.

백승일　네가 뜯어다 준 벽보 덕에 순사들을 부를 수 있었다.

이진섭　순사들은 어찌하기로 했습니까?

백승일　군산으로 넘어가지 말고 오늘 밤은 임피에서 머물라고 했다. 네 말을 듣고 춘심이에게 순사들 접대를 맡겼다. 내일 몽땅 잡아가려면 오늘 밤 접대가 중요할 것이다.

이진섭　누구를 잡아갑니까?

백승일　누구긴. 조합원 놈들이지.

이진섭　다 끝난 일 아닙니까?

백승일　끝? 이제 시작이다. 이번 일과 관련된 놈들을 샅샅이 찾아내서 법의 심판을 받게 해야지.

이진섭　법의 심판이라면?

백승일　소작료 불납을 맨 먼저 말한 놈, 찬동한 놈, 손뼉을 치고, 환호를 보낸 놈, 벽보를 붙인 놈. 모두 발본색원해서 옥구땅에서 다시는 이런 비참하고 황당한 일이 벌어지지 않도록 할 것이다. 너는 이번 소작료 불납을 주도한 놈들이 누구인지 알고 있지? 그놈들의 명단을 가져오너라.

이진섭　명단이요?

백승일 뭘 망설이느냐? 이번 일만 잘 끝내면 내가 너를 거두겠다. 배신하려면 확실하게 해야지.

이진섭 배신…. 나는… 배신한 적 없소.

백승일 배신한 적이 없다고? 벽보를 가져다준 것이 너 아니냐?

이진섭 벽보는 세상 사람 누구나 보라고 붙여 놓는 것이오. 어차 피 벽보의 내용은 당신에게 우편으로도 발송했소. 나는 장 태성 지부장의 부탁으로 그것을 당신에게 직접 가져다줬 을 뿐이오.

백승일 뭐라고? 이 못된 놈. 나를 속인 것이냐?

이진섭 너는 평생 우리를 속이지 않았느냐?

백승일 이번 일이 끝나면 네 아비를 의원에도 데려가려고 했거늘.

이진섭 하아, 정말 기가 차는구나. 아비 죽은 지 수개월이다.

백승일 이 서방이 죽었다고?

이진섭 마름 집 새경 없는 머슴으로 일하다가 허리가 부러져 거동 도 못 했고, 네놈 고리대에 약 한 첩 못 썼다.

백승일 아비가 죽었으면 말을 하지 그랬느냐. 내 문상은 안 가도 보리쌀이라도 내었을 것인데.

이진섭 아비 마지막 말씀이, 지주 마름 놈들 말은 수고했단 말도 믿지 말라는 것이었다.

백승일 순사들은 뭣 하고 있느냐. 이놈, 이놈도 잡아라!

이진섭 지금 여기 올 순사들은 없다. 잠시 후면 임피주재소에서 춘심이의 접대를 받으며 고주망태가 되겠지.

• 백승일이 뒷걸음질로 도망친다. 이진섭이 쫓아간다. 어두워진다.

6막 〈항쟁〉

- 탑천 옆 낮은 언덕.
- 명도댁과 내동댁이 장태성이 끌려간 방향을 멍하니 보고 있다. 김행 규, 최봉엽, 신문관이 들어와 두 사람을 위로한다.

명도댁 우리 지부장님이 우악스러운 것들에게 잡혀가는 꼴을 보 기만 했네. 저 귀한 목숨 애처로워 어쩌나?

내동댁 경찰서고, 감옥소고 이유도 없이 모질게 매를 때린다는데 어쩌면 좋아요.

신문관 장 지부장이 무슨 잘못이 있어?

내동댁 아무 잘못도 없지요.

신문관 그러지. 아무 잘못도 없는 사람을 끌고 갔으니 곧 아무 일 도 없었던 것처럼 풀어주겠지.

김행규 순사들은 없는 죄도 거시기하잖아요.

- 김준철이 달려와 사람들 앞에 선다.

김준철 장 지부장은 제가 가서 데리고 오겠습니다.

신문관 무슨 수로? 김 위원도 봉변당할 수 있어.

최봉엽 나도 같이 가. 가서 뭘 어쩌겠다는 게 아니라, 장 지부장이 잘 있는가 봐야지. 벌써 군산에 갔을까, 옥구에 있을까?

· 이진섭이 달려와 사람들 앞에 선다.

이진섭 장 지부장은 지금 임피역전주재소에 있어요.

김행규 여적 군산경찰서로 거시기 안 된 거여?

이진섭 밤을 임피서 새우고, 날 밝으면 기차로 간다고. 우리도 다 잡아서.

내동댁 우리요? 왜요?

이진섭 백 마름에게 들었어요. 오늘 밤에 소작료 불납 운동을 주도한 사람들을 발고하고, 내일 몽땅 잡아서 군산으로 이송하겠다고. 그래서 오늘 춘심이가 임피주재소에서 순사들 접대하고 있다고.

김준철 백 마름은 어디 있소?

이진섭 집에 잡아뒀습니다. 제가 용기도 없고, 백 마름 꾐에도 빠져서 잠시 조합을 배신할 뻔했습니다만, 장태성 지부장이 나를 끝까지 믿어주면서 저에게 용기를 줬습니다. 저도 같이 장 지부장을 구하러 가겠습니다. 모두 같이 가서 장 지부장 데리고 오자고요.

내동댁 순사들은 칼도 있고, 총도 있어요.

신문관 우리는 낫도 있고, 곡괭이도 있어.

내동댁 총이랑 곡괭이랑 같아요?

이진섭 우리에게는, 우리에게는 수많은 조합원이 있습니다. 한마음 한뜻으로 뭉친 조합원이 있습니다.

- 이진섭이 가슴에서 사발통문을 꺼내 펼친다. 이름과 손도장이 가득하다.

이진섭   장태성 지부장이 저에게 사발통문을 맡겼습니다. 김기술, 김재풍, 김준철, 김택현, 김행규, 문일만, 복만길, 서가마, 서만석, 신문관, 오남룡, 오승철, 오요섭, 윤경문, 이광순, 이기열, 이보동, 이성순, 이성춘, 이영출, 이용덕, 이용선, 이원섭, 이정춘, 이진섭, 이진철, 이효남, 이휴춘, 장태성, 정영운, 채판진, 최봉엽, 최은엽, 한기석… 여기에 동지들의 이름과 손도장이 가득합니다.

신문관   그러지. 우리가 똘똘 뭉치면 못 할 일이 없을 거여.

김행규   산사태도, 물난리도 다 이겨낸 우리 아닙니까? 거시기는 하나도 안 무서워요.

최봉엽   내가 힘이 장사여. 내가 앞장설 것이여. 다들 내 뒤에만 있으라고.

김준철   조합원들이 똘똘 뭉쳐서 함께 갑시다. 같이 가서 장 지부장을 데리고 옵시다.

- 농민들은 "나도 가요, 나도 갈라요. 나라고 빠질 수 있겠소." 외치며 행진에 참여한다. 농민들은 낫, 괭이, 쇠스랑 등을 들고, 죽창의 날을 세워 들고 간다. "장태성 지부장을 구하라!", "개미 새끼 하나라도 놓치지 말라.", "영 놓치겠거든 대구 찔러라!" 함성이 우렁차다. 농민들의 행진과 항쟁은 춤처럼 보인다.
- 농민들과 순사들이 맞서지만, 술에 취한 순사들은 힘을 쓰지 못하고 도망친다.
- 장태성을 구한 농민들의 함성이 우렁차다.

김준철 서수주재소에 박상호 조합원이 잡혀 있소. 모두 가서 구합
시다. 서수주재소로 갑시다.

장태성 이제 제가 앞장서겠습니다. 모두 같이 갑시다.

- 농민들의 춤사위가 한껏 고조된다.
- 음산하고 무거운 음악과 함께 사이토 신이치가 나타난다.

사이토 머저리 같은 순사 놈들. 비루한 소작농들에게 당하는 꼴이
라니. 대일본제국의 수치. 청장, 군산의 모든 병력을 출
동시키시오. 서수면을 샅샅이 뒤져서 조합 간부와 조합원
을 모두 체포하시오.

- 무리의 경찰이 나타나 농민들을 둘러싼다. 농민들과 경찰들의 싸움.
총소리 요란하다. 살벌함과 음산함만이 가득하다.

사이토 너희같이 천한 것들이 우리에게 반기를 들다니. 앞에 선
자들의 목을 베라. 이엽사농장에 항명하는 것은 대일본제
국에 반기를 드는 것과 같다. 일본은 부국강병 천하제일이
다. 일본은 이기기만 하는 나라니라. 어허허, 잘한다. 물을
뿌려라. 창으로 찔러라. 칼로 베어라. 총으로 쏴라. 총칼로
죽여라. 속이 다 후련하구나.

- 농민들은 속수무책 당한다. 경찰들이 농민들을 끌고 간다.
- 고문으로 신음하는 소리가 천지에 가득하다. 어두워진다.

7막 〈전원 유죄〉

- 재판정(1927년 2월 29일 전주지방법원 군산지청 / 1928년 5월 29일 대구복심법원).
- 장태성, 김행규, 김준철, 이진섭, 최봉엽, 신문관 등이 피고석에 있다. 농민들은 제각기 "우리가 무슨 잘못을 했느냐?", "잘못은 이엽사농장에 있다.", "무자비하게 소작료를 인상한 이엽사농장을 처단하라." 등을 당당하게 외친다.
- 객석에 명도댁, 내동댁 등이 있다.
- 피고석과 객석 사이에서 변호인이 서성인다.
- 판사가 들어와 앉는다.

판 사　정숙하시오!

변호인　이 재판은 부당하오이다. 소작인들의 재판에 앞서 이엽사 농장 측이 터무니없이 소작료를 올린 것부터 적발하고, 이 엽사농장의 소작인들에 대한 부당한 처우부터 죄를 물어 야 할 것이오.

판 사　(짐작했다는 듯) 들어오시오!

- 사이토 신이치와 백승일이 들어온다.
- 백승일이 문서를 꺼내 사이토 신이치에게 준다.

사이토 (문서를 보며) 본인은 이엽사농장 책임자 자격으로 이번 사건이 감독을 불성실하게 하여 벌어진 일임을 통절히 자각하는 동시에 이에 대하여 옥구농민조합에 깊이 사죄하며, 평소부터 일반 조합원에게 비난을 받았던 사원 두 명을 면직시키는 동시에, 또한, 한 명은 근신의 처분을 내릴 것이니, 관계 당국은 이와 같은 내용을 전북노동연맹과 옥구농민조합에 전달하여 주기를 바라오.

백승일 나는 결단코 아무런 죄도 없지만, 우리 어르신의 추상같은 엄명이시니 근신의 처분을 달게 받을 것이며, 추후 감독의 임무를 더욱 성실하게 하겠소이다.

- 사이토 신이치와 백승일이 나간다.
- 농민들이 분개하다가 "나라가 망한 백성의 설움이다.", "나라를 지키지 못한 죄다.", "조선 백성인 것이 죄다." 하며 탄식한다.

판 사 재판을 속개한다. 피고 장태성은 옥구농민조합 서수지부장으로, 소작료 감액을 교섭하려다 거절당하자 소작인들을 선동, 소작료를 납입하지 않게 하여 이엽사농장주의 명예를 훼손케 한 협박죄 혐의자이다.

변호인 장태성의 광고지 사건은 죄를 물을 수 없소이다. 광고지에 쓰인 내용은 이엽사농장의 부당한 소작료 세율에 대한 사실을 적시했을 뿐이며, 조선 문장의 해석상 이는 결단코 협박으로 판단할 수 없소이다. 따라서 장태성에 대한 형은 절대 불가하오이다.

판 사 본 재판부는 장태성의 행위를 모두 협박으로 인정한다. 피고 장태성 유죄.

- 농민들이 탄식한다.

판 사 다음은 피고 김행규, 김준철 외 서른한 명에 대한 선고다.

변호인 이 재판 역시 부당하오이다.

판 사 또 무엇이 부당한가?

변호인 당시 옥구 군산의 농민 사오백 명이 장태성을 비롯해 부당
하게 끌려간 조합원들을 데리고 나왔으나, 시일이 숱하게
지난 지금에 와서 서른네 명을 잡아다가 법정에 서게 한
것은 흡사 제비를 뽑아서 죄를 묻는 격이 아니오?

판 사 변호인의 말은 그날 불법시위에 참여한 사오백 명 모두를
잡아다 징역을 살려야 한다는 말인가?

변호인 말의 진의를 몰라서 그렇게 묻는 것입니까?

판 사 경찰들이 잘 알아서 선별했을 것이다.

변호인 조선 민중에 관한 형사 범죄 사건을 보면 태반이 사상범이
나 정치범입니다. 경찰이 폭압으로 대하고 다음 형사 재판
에 부쳐 그것을 해결코자 하니 뒤집어 생각하여 보면 민중
에게 죄를 짓게 하는 것은 실로 경찰이라고 할 것이외다.

- 피고석과 객석의 농민들이 "잘한다." 하고 외친다.

판 사 피고들은 순사들이 적법한 절차로 장태성을 체포하자 이
민을 취합 공모하여 순사를 난타 폭행하고 장태성의 포승
을 풀어 구금자를 탈취했다.

변호인 이들에게는 구금자 탈취죄도 성립하지 않소이다. 경찰은 장태성의 체포 과정에서 구인장을 발부하지 않고 체포하였소. 따라서 정식 절차를 밟지도 않았고, 현행범을 체포한 것도 아니기에 구금자 탈취죄가 아니오이다.

판 사 (변호인의 말을 무시하고) 본 재판부는 다음과 같이 판결한다. 피고인 장태성을 비롯하여 오요섭, 김행규, 문일만, 최봉엽, 박상호, 이성순, 정영운, 김기술, 신문관, 한기석 등 서른네 명은 구금자 탈취 및 소요, 협박과 명예훼손, 소란죄 등으로 전원 유죄!

• 농민들이 "이 재판은 부당하다.", "우리에게 징역을 살리면 우리의 처자식은 무엇을 먹고 살라느냐?" 등등을 외치며 항의한다.

변호인 빈궁한 농민을 폭압으로만 대하면 천하의 일이 다 될 줄 아십니까?

명도댁 (벌떡 일어서며) 나도 그날 장태성 지부장님을 구하러 갔소. 나도 징역 살아야겠으니, 나도 잡아가시오.

내동댁 나도 징역 살겠소. 나도 잡아가시오.

• 피고석과 객석에서 "나도 징역 살겠소. 나도 잡아가시오." 하며 한목소리로 외친다.

판 사 모두 정숙하시오. 그대들이 항소하고, 새로 심리해서 판결한다고 해도 결과는 마찬가지다. … 피고 장태성 김상순 이성순 이기열 오요섭 전심 8월, 복심 징역 10월. 변영진

임휘영 전심 6월, 복심 징역 8월. 이광순 신영상 유갑현 오남룡 전심 4월, 복심 징역 6월. 이와 같이 1심보다 2개월씩 더하여 징역형을 선고하고, 은낙빈 송병안 등은 1심보다 1년씩 더하여 집행유예를 선고한다.

• 절망한 농민들이 곳곳으로 흩어져 탄식한다.

장태성 우리의 과거를 추억하면 참으로 비분의 감을 금할 수 없소이다. 아무리 억울한 마음과 비분의 눈물을 흘려도, 힘이 없고 돈이 없는 우리는 일본인 지주들에게 생명과 재산과 호구를 의지하며 살아왔으니, 이 또한 슬프외다. 우리 소작인들은 늘 슬프외다. 나라 잃은 백성의 슬픔은 비통의 눈물에 아련하외다.

• 장태성과 농민들이 함께 탄식하다가 쓰러진다. 어두워진다.

8막 〈천년 영화〉

- 재판정에서 이어진 환상의 공간.
- 장태성, 김행규, 김준철, 이진섭, 최봉엽, 신문관이 곳곳에 쓰러져 있다.
- 명도댁과 내동댁이 들어와 쓰러진 농민들을 다독인다.

명도댁　(쓰러진 농민들을 둘러보며) 망망대해 불쑥 솟은 섬 같구나.

- 명도댁과 내동댁이 살풀이하듯 어깻짓과 발짓을 한다.
- 사람들이 조금씩 기운을 차리며 한곳으로 모인다. 손을 잡는 등 몸의 한 곳을 잇대 하나가 된다.

명도댁　옳거니. 한데 모이니 이제 외롭지 않구나. 형제처럼 다정하고 여유롭구나.

장태성　(물끄러미 보다가 힘겹게) 아주머니는 섬에서 오셨다고 했죠?

내동댁　명도에서 시집와서 명도댁이라고 하지.

장태성　아, 명도!

명도댁　밝을 명, 섬 도. 해와 달이 함께 있으니 얼마나 밝아? 밝으니 맑고 깨끗하지. 물이 맑고 깨끗하다고 명도라지.

장태성　그 바다에는 섬이 많다면서요?

명도댁	많지. 선유도, 신시도, 무녀도, 장자도, 야미도, 관리도, 방축도, 말도, 대장도, 비안도, 두리도. 사람이 사는 섬도 있고, 살지 않는 섬도 있고. 크고 넓은 바다에 크고 작은 섬들이 꽃처럼 피었지.
장태성	섬이 꽃처럼 피어요? …. 저도 그 꽃들을 볼 날이 올까요?
신문관	앞길이 구만리인데, 거기 갈 날 없을까?
김행규	시절이 하도 거시기해서 그러겠지요.
내동댁	이 악물고 살다 보면 좋은 날 오겠지요.
명도댁	내가 재미있는 얘길 들려줄까?
최봉엽	온몸이 피범벅이고, 무르팍서 진물이 찍찍 나는데, 뭔 재미난 얘기요?
명도댁	재미지기도 하지만, 살맛 나는 얘기거든.
장태성	살맛이 난다구요? 뭔 이야긴데요?
신문관	그런 얘기라면 빨리 들려주소. 침 넘어가니.
명도댁	옛날에, 옛날에 우리 할아버지께 들었지. 할아버지는 그 위의 할아버지께 들었다고 하고.
최봉엽	앞말이 긴 걸 봉게 시원찮을 것 같은디.
명도댁	믿거나 말거나지만, 들어봐. 이 땅의 가장 번성한 도시가 송악에서 한양으로, 한양에서 계룡산으로, 계룡산에서 가야산으로 옮겨지고 나면 다음에는 고군산군도에 도읍지가 들어선다네.
장태성	고군산군도면 여기 군산이네요? 말도 안 돼요.
명도댁	『정감록』이란 책에 쓰여 있다데.
신문관	책에? 그믄 진짠가?
장태성	아무리 그래도 말이 안 돼요.

명도댁	말이 안 되긴. 조상 대대로 귀하게 간직해 온 책인데. (속삭이듯) 선유도에 행궁도 있어.
장태성	행궁이요?
명도댁	임금님이 머물렀다는 곳이지.
최봉엽	그깟 썩을 임금?
신문관	동상, 그깟 썩을 임금은 또 누구여?
명도댁	그런 임금이 있어. 그리고 그 책에 한 가지가 더 쓰여 있지.
장태성	뭔데요?
명도댁	여기 옥구하고 군산하고 그 앞에 놓인 섬들에 천년 왕국이 건설된다고.
장태성	천년 왕국이요?
명도댁	천년 왕국!
신문관	옥구 군산 사람들 좋아나겠네.
명도댁	어디 옥구 군산 사람들뿐이겠나. 조선 땅에 터 잡고 사는 사람들 모두지.
최봉엽	천년 왕국에 일본 놈들은 없겠죠? 있으면 쪼까 껄쩍지근한 게….
명도댁	그놈들은 다 자기 집으로, 섬나라로 가겠지.
이진섭	일본 놈들이 사라진다고? 극락이로세. 극락.
장태성	그 왕국은 어떻게 해야 만들어진대요?
명도댁	퇴조(退潮) 300리.
장태성	퇴조 300리?
명도댁	선유도 진말을 가운데로 동서남북에 문이 있는데….
장태성	무슨 문이요?
명도댁	동문은 꼬지의 쇠코바우고, 서문은 선유도 나매기의 금도

치굴, 남문은 야미도의 구녕바우, 북문은 방축도의 구녕바우라지. 그곳에 동서남북 문이 생기고. 퇴조 300리. 옥구 군산에서 바닷물이 300리 밖으로 물러난 후에, 바다가 육지로 변하면 천년 영화를 누릴 수 있다는 거여.

장태성 바다가 육지로 변한다고요?

명도댁 왜? 말도 안 되는 소리 같아?

장태성 말도 안 되는 소리죠. 근데도 기분은 좋네요.

이진섭 말도 안 되는 것은 아니네. 부안도, 김제 만경도 갯벌이 흙에 묻혀서 큰 땅이 생겼잖아.

김준철 맞아. 갯벌이 논이 됐지. 백성들 배부르게 하는 넓고 넓은 땅.

장태성 그러게요. 참말로 그러네요.

명도댁 좋은 세상 온다면야 옥구 군산 바다도 육지로 변할 수 있겠지.

다같이 좋은 세상이요?

장태성 내가 땀 흘려 일군 곡식은 내가 양껏 먹을 수 있는 그런 세상이 좋은 세상이겠지요?

명도댁 암만. 짠 갯벌에도 벼를 심으면 풍년이 되는 그런 세상. 갯벌에서 금이 나는 새로운 땅! 좋은 세상 보려면 이 악물고 살아야겠지. 이런 고난은, 이까짓 것, 하면서 훌훌 털어버리자고.

다같이 그래요. 좋은 세상이 온다면야. 이까짓 것. 이까짓 것!

• 어두워진다.

수우재에서

이병기와 조선어학회사건

「수우재에서」를 읽기 전에

• 올곧은 시정신을 지닌 가람 이병기

전라도 땅심을 받고 자란 이들에게 가람 이병기(1891~1968) 시
인은 각별하다. 자연을 사랑하는 마음과 시대의 양심을 잃지 않았
던 가람의 맑은 시정신은 시민에게 예향의 긍지를 심어주었기 때
문이다.

전주 다가공원에 있는 이병기의 시 「시름」이 새겨진 시비는 전
주의 자존을 상징하는 의미 깊은 표석이다. 다가산은 일제강점기
그들의 신사(神祠)가 있던 곳이다. 광복 이후 시민들에 의해 해체된
후 빈터였던 이곳에 1969년 가람시비와 충혼탑이 세워지면서 쓸
쓸하고 암울했던 다가산은 국가와 민족의 정체성을 상징하는 곳으
로 탈바꿈했다.

가람 이병기는 한평생 오직 시조를 창작하며, 우리말과 우리글
을 가다듬고, 국문학의 올과 날을 세우는 일에 전념했다. 1920년
대 시조부흥운동으로 시조의 현대화에 앞장섰던 그는 소설가 이태
준(1904~1978), 시인 정지용(1902~1950) 등과 당시 대표 문예지인
『문장』을 이끌었다. 이 무렵 그는 소멸해 가는 민족정신과 한국적

미학에 관심을 보였으며, 고문헌을 수집하고, 고전을 발굴해 자세한 주석을 달기도 했다.

국문학자 정병욱(1922~1982)은 가람의 저서 『국문학전사』(1957)를 일컬어 "읽으면 읽을수록 새 맛이 나고 새로운 해석을 일깨우게 하는 신비로운 학문의 향기를 끊임없이 뿜어 주고 있다."라고 탄복했고, 국어학자 이희승(1896~1989)은 "'시조' 하면 가람을 연상하게 되고, '가람' 하면 시조가 앞서게 된다."라고 평했다. 1942년 조선어학회사건에 연루돼 함흥형무소에서 1년 가까이 복역했으며, 광복 후 그는 서울대와 전북대 교수로 지내면서 국문학을 연구하는 후배들의 본보기가 되었다.

"난초와 제자와 술의 삼복(三福)을 타고났다."라는 말을 곧잘 되뇌었다는 기록처럼 가람의 시에는 유달리 난초가 자주 보인다. 또한, 매화·수선화·함박꽃이 잇따라 피고, 별이 노닐고, 구름이 흐르고, 낙엽이 지고, 새벽이 뜬다. 그 속에는 인생의 기쁨과 슬픔도 녹아 있게 마련이다. 그것은 나날의 삶에서 마음에 와닿은 바를 꾸밈없이 나타내고자 하는 시(詩)정신과 삶의 뿌리에 대한 깊은 인식에서 나온 것이다.

가람의 좌우명은 "후회하지 말고 실행하자."였다. 50여 년간 꾸준히 일기를 쓴 것도 이 좌우명을 따랐기 때문이다. 그는 어느 때 어떤 상황에서도 민족의 지조와 절개를 지키며 나라와 겨레를 잊지 않으려고 노력했던 백세지사(百世之師)다.

그러나 조선어학회사건으로 출소하고 얼마 지나지 않은 1943년 12월 8일 자 매일신보에 발표한 시 「12월 8일」의 존재는 너무도 안타깝다. "칼 차고 총을 메고 나가는 젊은이들 / 씩씩한 그 그림자 돌아도 아니 보고 / 흘리는 피와 땀으로 배를 띄워 저으리"라는 시어가 담긴 이 시는 일제의 학병 권유를 조선의 젊은이들이 적극적으로 받아들여야 한다는 내용이다. 왜 이런 시를 발표했을까? 가람의 일기에서도 이 시에 대한 언급은 찾을 수 없다. 다만, 그의 생을 살펴 가늠 없는 상상으로 고개를 끄덕이고 갸웃할 뿐이다.

가람의 흔적은 여러 곳에 있다. 전주 다가공원 정상에 서 있는 시비 외에도 전북대학교 삼성문화회관 앞 숲의 들머리에 시 「난초」가 새겨진 시비가 있다. 여산휴게소(순천 방향)에는 그의 시를 소개하는 가람동산이 있다. 그의 생가와 가까운 익산시 여산남초등학교 교정에도 동요로 널리 불리는 시 「별」을 새긴 비가 있다. 익산 여산면 원수리에 있는 가람의 생가는 수우재(전라북도 기념물 제6호)라 불린다. 크지 않으나 옹색하지도 않은 '어리석음을 지키는 집'이다. 수우재 곁에 가람시조문학관이 들어섰고, 뒤에 가람의 묘가 있다.

• 「수우재에서」를 쓰면서

희곡 「수우재에서」의 주요 흐름은 조선어학회사건이다. 1968년 가을 어느 날, 가람의 생가인 수우재에서 1942년 10월부터 1943년 9월까지 홍원경찰서 유치장과 함흥형무소 시절을 떠올린다. 가람이 일본 경찰들에게 끌려가 심문을 받는 내용이지만, 그 속에서 가람을 상징하는 일기, 조선어학회, 우리말 강의, 창씨개명, 난초 등을 소재로 그의 자취를 좇고, 민족의 말과 글을 보존하는 데 노력했던 그의 강인한 의지를 살핀다.

가람은 1942년 10월 21일 조선어학회사건에 연루돼 서울에서 일본 경찰에게 잡혀 홍원경찰서 유치장에 갇혔다가 1943년 9월 12일·13일 함흥형무소로 이감된 후 9월 18일 기소유예로 석방됐다. 이희승에 따르면 그곳에서의 가람은 다른 이들과 달랐다고 한다. 그는 "이때 가람은 인간 이하의 박대와 혹형을 당하면서도 오히려 전도에 광명이 가득한 언사로 동지의 고초를 위로해 주곤 하였다."라고 기억한다.

작품 속 가람의 대사는 가람의 일기(1926년 7월, 1956년 10월 11일)와 시조 「저무는 가을」, 「난초」, 수필 「말은 인간의 거울, 우리말을 찾으라」, 「해방전후기」, 「풍란」, 「가람이란 호」 등을 참고했으며, 말투는 인터뷰 기사(동아일보 1962년 7월 16일 자)에서 따왔다. 이 인터뷰에는 "소탈하였던 성미는 그대로 있어서 막상 이야기가 책에 미치니 즐거운 웃음소리를 높인다."라는 표현이 있으며, 지인들이 쓴 몇몇 글에서 "선생의 박학다식과 그칠 줄 모르는 유머에서 학문을 배우고 인간을 배웠다.", "어두운 속에서도 광명을 보는 낙천성, 조그만 일을 염두에 두지 않는 호방한 성격에서 인생행로를 가는 길을 배웠다." 등 가람의 성격을 엿볼 수 있는 문장이 있다. 또한, 1944년 9월 30일 최현배·이희승 등 14명에 대한 예심 종결 판결문인 〈예심 종결의 결정서〉는 가람과 직접 관련은 없으나 같은 사건이기에 인용했다.

「수우재에서」는 2012년 6월부터 10월까지 매주 2회 가람 이병기의 생가인 익산시 여산면 수우재에서 〈백세지사(百世之師), 가람 이병기〉라는 제목으로 관객을 만난 작품을 수정한 것이다. 가람의 생가에서 배우와 객석이 함께 어울리는 악극으로 공연돼 큰 호응을 얻었다. 전라북도 한옥상설공연으로, 전라북도·익산시·익산예총이 주최·주관했다. 총연출 이도현, 연출 안대원, 배우 편성후·임인환·백호영. 고승조(소리), 오연경(무용), 김수엽·박인호(색소폰) 등 익산 지역 예술인들과 여산초등학교 학생들이 노래와 기악 연주 공연으로 힘을 보탰다.

- **때·곳**
  - 1968년 가을 어느 날, 가람 생가인 수우재

- **등장인물**
  - 이병기, 변사, 야스다, 이근무, 학생1, 학생2

- **무대**
  - 작은 방과 툇마루, 마당이 있는 수우재(가람의 생가). 마당 왼쪽에 감나무가 있고, 집 뒤는 대나무밭이다. 작은 방에는 '守愚齋(수우재)'라는 편액이 붙어 있고, 툇마루는 변사의 자리다.
  - 작품 속 무대는 가람의 방과 마당, 취조실, 감방, 교실 등 여러 곳이지만, 별다른 구별은 없다. 수우재 공간을 쪼개서 활용한다. 감나무 아래에 간단한 고문 기구와 의자를 두고 취조실로, 대숲은 감방으로 활용한다.
  - 작은 방은 답답할 만큼 좁다. 한가운데 책상이 있고, 책상에는 난초 한 분과 술병, 술잔이 있다. 방에는 묵은 신문지에 싸서 끈으로 동여맨 고서 뭉치가 차곡차곡 쌓여 있다. 『석보상절』, 『금강경삼가해』, 『대한계년사』, 『한중록』, 『인현왕후전』, 『계축일기』, 『어우야담』, 『요로원야화기』, 『가루지기타령』, 『문장』 등이다. 탑처럼 유달리 높이 쌓여 있는 것은 일기들이다.

- **구성**
  - 1막 〈삼복지인〉
  - 2막 〈불령선인〉
    - 1장 〈조선어학회〉
    - 2장 〈우리말 강의〉
    - 3장 〈창씨개명〉
    - 4장 〈예심 종결의 결정서〉
  - 3막 〈난초〉

1막 〈삼복지인〉

- 작은 방과 툇마루, 마당.
- 동요 〈별〉이 작게 들린다.

변 사 (관객 사이를 거닐며 시 낭송하듯) 바람이 서늘도 하여 뜰 앞에 나섰더니, 서산마루 하늘은 구름을 벗어나고 (목소리 높여) 아, 달은 넘어가고 별들은 서로 반짝이는데…. (변사 특유의 목소리로) 아아, 나는 잠자코 홀로 서서 별을 헤어나 볼까. 하나, 둘, 셋, 넷, 다섯…. 아아, 관객들의 애타는 심사는 어이하리. 나는 이제 공연을 시작해야긋다.

- 변사가 툇마루에 마련된 자신의 자리에 가서 앉는다. 징을 친다.

변 사 지금은 바야흐로 언제이던가? 자유당 땐가, 유신 땐가? 어쨌거나 가람 선생님 연세도 솔찬히 잡순 그 시절인가 보다. (작은 방을 가리키며) 우리의 가람 이병기 선생님께압서 책을 덮고 마당으로 나오시는데.

- 깨끗하게 다듬은 모시옷을 입은 가람 이병기가 방문을 열고 나온다. 선인(仙人)의 모습이 아니라 촌로(村老)다.

- 가람은 불편한 몸으로 마당을 한 바퀴 돌며 꽃과 나무와 알 수 없는
대화를 나눈다.

변 사   11년째 이어진 투병 생활이라 몸은 솔찬히 불편해 보이지
만, 그리도 저 걸음걸음 얼마나 당당한가. (갈수록 크게) 일본
사람들이, 아니 지금도 우리 땅 독도를 자기네 땅이라 우
겨대고, 일본군 위안부에 강제노역까지 숱한 전쟁범죄를
부정 부인하는 후안무치한 일본 놈들이 노골적으로 강압
정책을 써서 우리 문화를 말살하고 언어와 글을 없애려고
날뛸 적으, 가람 선생님 시조 한 수는 우리의 말과 글을 지
켰고, 우리의 갈 길을 비춰주었으니…. 아아, 장하도다. 가
람의 시조여, 조선의 시조여!

이병기   (시조 읊듯) 보리 잎 포릇포릇 종달새 종알종알, 나물 캐던
큰아기도 바구니 던져두고, 따뜻한 언덕 머리에 콧노래만
잦았구나.

- 가람이 시조 읊듯 하는 대사는 계절에 따라 다르게 한다. 현재 제시된
글은 봄에 해당하고, 여름이면 '녹음이 퍼져오며 누런 잎도 흩날리고
고개고개 넘어 호젓은 하다마는 풀섶 바위서리 빨간 딸기 패랭이꽃
다가들어도 휘휘한 줄 모르겠다'로, 가을이면 '들마다 늦은 가을 찬바
람이 움직이는구나. 벼이삭 수수이삭 으슬으슬 속살대고 밭머리 해그
림자도 바쁜 듯이 가는구나'로 바꾼다.
- 가람은 방으로 돌아와 특유의 비스듬한 자세로 책상에 기대앉는다.

변 사   오늘 우리가 이야기할 시절은 바로 그때 일제강점기! (나긋

나긋하게) 지금 우리는 가람 이병기 선생님의 묵은 이야기들을 여러분 가장 가까운 곳으로 끌어냅니다. 우리 민족이 절대 잊어서는 안 되는 그런 똑 부러진 이야기들입니다.

이병기 (불편한 말투지만 말끝에 힘을 주며 천천히) 자주 하는 말이지만, 나는 삼복을 타고 난 삼복지인이오. 훌륭한 제자가 여럿이고, (술을 따르고) 더없이 좋은 술이 곁에 있고, 난초는 고고하지. 매화가 피고, 수선화가 피고, 함박꽃이 피고. 별이 노닐고, 구름이 흐르고, 낙엽이 지고, 늘 새벽이 피어나고…. (잔을 들고) 소매 속 드는 바람, 시원도 하온지고.

- 〈별〉이 조금 크게 들린다.
- 가람이 술병과 술잔을 들고 마당으로 나간다.

이병기 먼 곳에서 들려오는 바람의 노랫소리도 참으로 좋지 않소? (관객들에게 술을 따라주며) 이 술 한 잔이면 귓가에 내려앉는 저 소리가 더 근사할 것이오.

- 변사가 가람 곁으로 가서 술을 받으려고 동분서주한다.

변 사 정작 목 타는 사람은 난디, 왜 저 술잔은 애먼 곳으로만 날러다니냐? (기어이 술 한 잔 얻어 마시고) 딱 한 잔인디도 알싸하니 취기가 도는구나. 가람 이병기. 이렇게 소리 내 부르면 자연스레 시조가 먼저 떠오릅니다. 선생님, 어떻게 그토록 아름다운 시조를 지으셨습니까?

이병기 나는 오직 우리말로 우리 감정을 표현해야 한다는 생각뿐

이었어. 시조에는 오랜 역사를 거쳐 쌓인 민족성과는 뗄
수 없는 무언가가 있지. 겨레의 넋이 담겨 있다고나 할까?

변 사 아! 겨레의 넋이 담긴 시조라.

이병기 시조는 우리 민족의 애절한 창이올시다.

변 사 아! 우리 민족의 애절한 창이라.

이병기 아무리 시대가 변한다고 해도 혈연과 언어에 바탕을 둔 민
족적 자질은 절대로 변하지 않을 겁니다.

변 사 옳은 말씀입니다. (술을 한 잔 더 받아 마시고) 아따, 좋다. (안방
의 책들을 노려보다가) 저 책이 쓰러지냐, 내가 쓰러지냐? (비틀
거리며) 가람 선생님, 근데 저기 높게 쌓인 책들은 뭡니까?

이병기 고서적들이지. 『석보상절』, 『한중록』, 『계축일기』, 『어우야
담』, 『요로원야화기』….

변 사 제일 높이 쌓인 것은요?

이병기 저건 일기.

변 사 일기요? 쓸 말이 저렇게 많았어요?

이병기 참 오랫동안 썼거든. 스무 살이 채 못 된 1909년부터니까,
60년 가까이 되어 가네.

변 사 정말 매일 하루도 안 빼고 쓰셨어요?

이병기 조선어학회사건으로 감옥에 있을 때를 빼고는 한 날도 쉬
지 않았지.

변 사 정말 대단하십니다. 아, 조선어학회사건! 제가 오늘 주제
를 깜빡할 뻔했네요.

• 변사가 급하게 툇마루로 돌아가 앉는다.

변 사   가람 선생님은 우리 겨레의 넋을 일깨우는 여러 사건에 관여한 바 있습니다. 그중 하나가 조선어학회사건으로 홍원경찰서와 함흥형무소에서 일 년여 동안 옥고를 치른 것이니….

이병기   (술잔을 흔들며) 쓸데없는 소린 그만하고 남은 술이나 합시다.

변 사   아아, 술이 원수로다. 변사 자리보다 저 술자리가 더 좋으니, 날 어쩌란 말이냐.

    • 변사가 다시 가람에게 간다.

변 사   옥고 치르던 때 이야기를….

이병기   그깟 것을 뭐 하러. (술을 따라주며) 술에 밴 향부터 맡으시오.

변 사   (술 향을 맡고) 근사합니다. 그럼, 다른 이야기를 할까요? 가람은 선생님의 호지요? 어떻게 지으신 겁니까?

이병기   내가 워낙 강호(江湖)를 좋아해.

변 사   강호? 피비린내 나는 강호의 세계?

이병기   강과 호수. 가람은 강호의 우리말이지. 월인천강지곡에도 돌이 즈믄 람애 비취욤이라 하고, 두시언해에서도 강촌을 람가올이라고 하고, 훈몽자회에서도 강을 롬강, 호를 롬호라 했어.

변 사   잠깐! 어려운 말씀은 인제 그만!

이병기   잠깐. 얼마 안 남았어. 그렇게 옛날에는 강이니 호수니 하지 않고 순연한 우리말로 람이라고 불렀지.

변 사   선생님 스스로 강과 호수가 되었으면 하신 거지요?

이병기	강과 호수는 모든 걸 받아 안지. 고기가 뛰놀든 새가 와 날든 달이 와 잠기든 배를 띄우든 혹은 바람이 불고 물인결이 일어나든 홍수가 나서 흐렁물·붉덩물이 밀려오든 무어라도 좋아. 강과 호수는 다 용납하니까. 솟구칠 건 솟구치고, 가라앉힐 건 가라앉히고, 뚫을 건 뚫고, 부술 건 부시고, 굽힐 곳은 굽히고, 바를 곳은 바르고, 흐리고, 맑고, 깊고, 얕고, 좁고, 넓고, 혹은 느리게, 혹은 빠르게, 앞으로 항상 그침이 없이 나아가는 것이지. 강과 호수 뒤에는 잔잔한 샘이 있고, 그 앞에는 양양한 바다가 있어. 이것이 가람이야.
변 사	앞으로 항상 그침 없이 나아가고 싶은 선생님과 우리 조선어학회 회원들을 일본 놈들이 가로막은 것이군요.
이병기	일본? 그렇지.
변 사	(가람의 손을 잡으며) 조선어학회사건으로 얼마나 고생이 많으셨어요?
이병기	나야, 뭐. 근 일 년 고생하다 나왔지만, 실형을 사신 분도 계시고, 고문으로 순국하신 분도 계시고. 더 고생한 분이 많으니, 내가 그 이야기 할 것은 못 되지.
변 사	고문이 심했지요?
이병기	고문? 사정없이 때리지. 복날 개 패듯이. 아무 때나 아무 곳이나.
변 사	(한숨을 쉬고) 그 난장질이 일 년이나 계속됐다면서요?
이병기	일 년을 두고 취조받기란 세상 못 할 노릇이오. 당하는 우리도 그러했지만, 심문하는 그들도 징글징글했을 것이오. 그들은 어떻게 그리 오래오래 무고한 사람들을 짓이길 수

있었을꼬. (빙그레 웃고) 아니, 워낙에 악마나 독사 같은 놈들
이니 잘 버텼을까?

변 사 그 말씀도 일리가 있습니다.

이병기 막상 고문에 시달리니 몸과 마음이 많이 무너져 내릴 수밖
에. 그래도 그 모질던 홍원경찰서에서 죽은 이 없었던 건
기적이었고. 함흥감옥소 가서야 날의 절반은 매 없이 갇혀
있었는데, 둘이 죽고 해방이 되어 다 나왔지.

변 사 (도섭처럼 흥얼거림) 아이고, 우리 가람 선생님 그 모진 세월
어떻게 견디셨을꼬.

이병기 맞기 싫은 매는 맞아도, 먹기 싫은 밥은 못 먹는 것 아닌가.

변 사 그자들이 뭘 말하라고 한 겁니까?

이병기 글쎄. 지금도 잘 모르겠어. 일본 경찰들이 어린 중에게 젓
국 먹이듯이 달래기도 하고 위협도 했는데….

• 호루라기 소리가 요란하게 울린다.
• 가람과 변사가 우왕좌왕한다.
• 대숲 쪽에서 야스다와 이근무가 험상궂은 표정으로 나온다.

야스다 곤칙쇼(개돼지 같은 자식)

• 이근무가 가람을 포승줄로 묶고, 대숲 쪽으로 끌고 가 밀어 넣고 나
  간다.
• 가람은 당황하지 않고 옷고름을 떼고 옥사로 들어간다. (당시 유치장
  에 들어갈 때는 옷고름을 떼고 허리띠와 소지품을 하나도 갖고 들어
  가지 못했다.)

변 사   (〈단장의 미아리고개〉를 애절하게 부르며) 철삿줄로 두 손 꼭꼭
묶인 채로, 뒤돌아보고 또 돌아보고 맨발로 절며 절며 끌
려가신 이 고개여…. (가람을 안타깝게 바라보며) 아, 가람 선
생님!

• 호루라기 소리, 다시 요란하게 울린다.

2막 〈불령선인〉

1장 〈조선어학회〉

- 툇마루에 변사가, 대숲(감옥)에 가람이 있다.
- 야스다가 마당(감나무 아래, 홍원경찰서 취조장)으로 나온다.

변 사 (야스다를 가리키며) 저기 저놈을 아십니까? 일제강점기 악명
높던 악질 순사 야스다입니다. 이제 곧 고문 기술자 이근
무도 나오겠죠. 아, 가람 선생님의 운명은 어찌 될 것인가.

야스다 (대숲 쪽을 향해) 너희들이 아무리 전문학교의 교수니, 선생
이니, 회사의 사장이니 해도 유치장에 들어온 이상 죄수다.
죄수는 인간이 아니다. 개돼지에 지나지 않은 존재다.

- 이근무가 서류와 종이 뭉치를 가지고 들어와 야스다에게 준다.

야스다 (서류를 넘기며) 이극로, 최현배, 이희승, 정인승, 열한 마리에
다가…. (이근무를 보며) 자네는 몇 마리 잡았나? 한 마리? 두
마리?

이근무 의령에서 이우식, 동래에서 김법린을 잡았습니다.

야스다 오호라, 열하나에 둘을 더했으니 열셋인가?

이근무   (대숲 쪽을 가리키고) 열네 마리입니다.

야스다   오! 하지만, 아직 멀었어.

• 야스다가 고갯짓을 하면 이근무가 대숲 쪽으로 간다.

변 사   일제의 간교한 탄압이 극에 이르던 1942년 가을, 조선 백성의 민족의식을 북돋웠다는 죄목으로 한글 연구자들을 탄압하고 투옥한 일을 가리켜 조선어학회사건이라. 조선어학회 회원들이 죄다 함경남도 홍원경찰서로 끌려갔는데, 서울에서 교사 생활을 하던 쉰두 살의 가람 선생님도 이때 끌려간 것이었으니.

• 이근무가 가람을 끌고 와 의자에 앉힌다.

야스다   (서류를 들척이며) 조선어연구회부터 관여했군. (한동안 노려보다가) 골수야, 골수. 조선어사전을 만들고, 한글강습회를 다녔어. 전주, 군산, 목포, 순천, 영암, 여수…. 대체 무슨 말을 떠들고 다닌 건가?

이병기   (툭 던지듯이) 책이나 만들어서 팔아먹으려고 호구지책으로 하는 것이오.

야스다   조선어학회는 반일민족주의 사상의 불온 세력이다.

이병기   불온 세력? 조선어학회는 어엿한 연구기관이오. 공적으로 세상에 두드러지게 나타나 있는 집단인데, 저어할 것이 무엇이오?

야스다   그렇게 발뺌할 줄 알았다.

이병기 차라리 선생들이 알고 있는 것이 무엇인지 말해주면 좋
겠소.

야스다 네놈들이 상해임시정부의 지령을 받아 조선어사전을 편찬
하고, 문자 보급 운동을 전개한 사실도 알고 있다.

이병기 당치도 않소. 우리는 우리의 고유문화를 사랑한 나머지 국
어와 국문을 연구하고, 이것을 정리하고 통일시키려 한 것
이오. 그것이 법에 저촉되는 것이오?

이근무 조선 놈은 말이 많아.

이병기 그대는 조선 사람 아니오?

이근무 나는 대일본제국의 경찰이다.

• 이근무가 몽둥이로 가람을 때린다.
• 야스다가 손을 들어 매질을 멈추게 한다.

이병기 우리는 우리말과 우리글을 연구하는 모임이오.

야스다 아니야. 너희들은 필경 학회를 빙자한 배일사상 집단이 틀
림없어. (서류를 넘기며) 지방 도시를 순회했던 한글강습회,
월간 한글 발행, 한글맞춤법 통일안 발표, 조선어 표준말
모음 간행, 외래어표기법통일안 개편….

이병기 대체 무엇이 배일이란 말이오?

야스다 당신들의 행동 모든 것이 다 범죄야. (종이들을 넘겨보며) 태
극기, 대한제국, 백두산, 단군. 이 단어의 뜻풀이 모두 반국
가적이구만.

이병기 단군께서 일본의 조선 통치에 반대한다고 말씀하더이까?

야스다 임진왜란, 왜구, 왜놈 따위를 사전에 올린 것은 무슨 이유

인가?

이병기 임진왜란, 왜구, 왜놈은 조선 사람이면 꼭 알아야 하는 단어가 아니겠소? 생활 용어 같은.

야스다 서울의 주석은 자세한데, 동경의 주석은 왜 이렇게 간단한가?

이병기 동경에 대해 할 말이 없었을 뿐이오.

이근무 이 작자는 모든 게 장난이구만. 난장을 쳐야겠어.

　• 이근무가 무자비하게 매질을 한다.

이병기 제 민족의 말과 글을 사랑하고 연구하는 것을 트집 잡는 것은 지구상에 일본밖에 없을 것이오.

야스다 이 모든 것이 조선을 독립시키겠다는 망상을 가지고 하는 짓 아닌가?

이근무 손톱 사이에 죽침을 꽂아주면 실토할 텐가? 아니면 코에 물을 부어줄까? 아니지. 인두로 네놈 허벅지를 좀 구워줘야겠다.

이병기 (애써 웃음 지으며) 그래서 나는, 당신들이 조금 딱하오. 합법적으로 행동한 단체를 입건하려니, 생트집을 써야 하고, 생트집을 쓰자니 고문이라는 야만적인 수단을 아니 쓸 수 없고.

야스다 (가람을 구둣발로 차며) 이자는 지금 대일본 경찰을 우롱하고 있다.

이병기 야스다 선생, 뭘 그리 걱정하시오? 이미 조선어는 다 짓이겨졌는데.

이근무 야스다 상, 쇠꼬챙이 맛을 보여줄까요? 비행기 한번 태울까요?

이병기 　당신들의 야만적인 고문에 우리가 피투성이가 되고 뼈가 부서지고 살점이 떨어져 나가고 결국, 목숨을 다하더라도, 우리는 민족의 존엄과 언어와 문자를 지켜나가는 일을 멈추지 않을 것이오.

야스다 　이자가 하는 말을 들어보니, 더 확실해지는군. 이자들은 결국 민중의 봉기를 유발하려는 것이 틀림없다.

이병기 　허허허. 천만의 말씀이오. 내 소망은 시조나 짓고, 책 모아 뒤적이고, 국학에 관한 몇 가지 저작을 하고, 교육과 호구(糊口)를 위해 칠판에 백묵이나 날리는 것이오.

　• 야스다와 이근무의 잔혹한 폭행이 더 심해진다.
　• 가람이 고통스러워하다가 정신을 잃는다.

야스다 　조선어학회 놈들은 하나같이 다 악종이군, 악종이야.

이근무 　(밝은 표정으로) 야스다 상, 오늘 저녁은 돼지고기에 청주 한 잔 어떠십니까?

야스다 　좋지. 고기 냄새를 맡아선지 오늘은 돼지고기에 청주가 더 당기는군.

　• 야스다와 이근무가 나간다.
　• 낮은 소리로 〈별〉이 들리고.

이병기 　(조금씩 정신을 차리고, 철창 쪽을 보며) 아! 안타깝구나. 우리를 문초하는 경찰 인사 중에 일본인보다 조선인이 더 많고,

더 악랄하다니. (웃으며) 아니지. 그 사람들 모두 일본 이름을 가지고 있으니, 조선인이 아니라 일본 사람인가? 자, 모두 기운 냅시다.

• 가람이 시조 한 수를 잔잔히 읊는다.

이병기   쌀쌀한 되바람이 이따금 불어온다. 실낱만치도 볕은 아니 비쳐 든다. 찬 구들 외로이 앉아 못내 초조하노라.

• 철문 여닫는 소리.

2장 〈우리말 강의〉

• 툇마루에 변사가 있다.
• 야스다가 서류를 넘겨보며 마당(감나무 아래)으로 나온다. 관객들을 붙잡고 조선어학회 회원을 심문하듯 말한다.

야스다   어때? 버틸 만한가? (…) 지난번 조사에서 당신은 국어라는 말을 했소. 그대에게 국어는 어떤 말이오? (…) 멍청한 소리. 당신은 지금 국어를 상용하기로 한 대일본제국의 시책에 역행하고 있어. (마땅치 않다는 표정으로 대숲 쪽을 쏘아보며) 지금 조선 땅의 국어는 일본어. 학교에서도 조선어과는 모두 폐지되었고, 온 국민이 창씨개명에 적극적으로 동참하고 있지. (대숲 쪽으로 가며) 그런데 어찌 조선어를 연구하는 집단이 있단 말인가?

- 마당은 자연스럽게 학교의 교실, 가람의 예전 강의 시간이 된다.
- 학생1과 학생2가 관객 사이에 있다.

학생1 (손을 들고) 선생님, 여쭤볼 것이 있습니다.

이병기 (책을 들고나오며) 말해보게.

학생1 이번 시험에서 조선어 과목도 보나요?

이병기 (난처하고 화나지만 침착하게) 왜 그런 질문을 하는가?

학생1 조선어는 선택과목이니까요.

학생2 조선어는 상급학교 입시 과목에도 없습니다.

학생1 입시에도 도움 안 되는 조선어를 배우는 이유를 잘 모르겠습니다.

이병기 자네들 말이 그럴듯하게 들리네.

학생2 사회에서 쓰는 글이 대부분 일본어인데, 왜 딱딱한 조선어 문법을 배우는 겁니까?

학생1 조선어를 꼭 배워야 합니까?

이병기 우리는 조선말을 연구하고 정리해서 널리 보급하고 영원히 유지해야 하지 않겠나. 우리말을 살려야 우리가 사는 것이니까.

- 대숲(감방). 쪼그려서 안을 살피던 야스다가 벌떡 일어난다.

야스다 (감방 쪽으로 손가락질하면서) 경술년 이전부터 인문 교과서는 국한문 혼용이요, 과학과 실용의 영역에서는 일본어를 사

용했다. 경술년 이후에는 행정과 법률, 학술, 교육의 모든
문서는 일본어를 표준으로 삼았고, 조선어를 제외한 모든
과목의 교과서가 일본어로 쓰여 있어. 조선말은 이미 죽은
것이다.

• 마당. 학생1과 학생2가 나와서 가람 곁에 선다.

학생1   (주위를 살피며) 선생님, 수업 중에 조선어로 말한 학생은 체
벌을 당합니다.

학생2   동무 중에는 학교에서 조선어를 썼다고 정학까지 받았습
니다.

이병기   그래. 조선이 일본의 언어 식민지까지 되어버린 것이지.

학생1   조선어는 죽었습니다.

학생2   이미 죽은 것을 연구해서 무엇합니까?

이병기   나도 묻겠네. 자네는 집에서 조선말을 하는가, 일본말을 하
는가?

학생1   집에서야 조선말을 쓰고 있지요.

이병기   다시 묻겠네. 조선은 망했는가?

학생들   ….

이병기   언어는 민족의 기본이고, 문화의 중심은 말과 글일세. 나
라는 사라질 수 있지만, 민족은 사라지지 않지. 그러나 언
어가 망하면 민족도 망하는 것이야. 민족의 언어는 민족의
정신, 그 자체이니까. 아버지의 언어이고, 어머니의 언어이
고, 내 아이들의 언어.

학생2   아무리 그래도 좋은 성적을 얻기 위해서는 일본어를 우선

학습해야 합니다.

이병기　예전에 말이야. 일본어는 필수과목이고, 조선어는 선택과목이 될 날도 멀지 않았구나, 하고 걱정한 적이 있었네. 한데, 어느 순간 조선어가 정말로 선택과목이 되어버렸어. 앞으로 중국이 강대국이면 중국어가 필수요, 미국이 강대국이면 영어가 필수일 테지.

　• 대숲(감방).

야스다　(감방 쪽을 보고 크게 비웃으며) 하하하. 정말 몰라서 하는 말인가? (마당 쪽으로 오며) 조선어학회 놈들은 정말 융통성 없는 근대주의자로군.

　• 마당.

이병기　그런데 말이야, 이러다 우리말 과목뿐 아니라 우리 역사 과목마저 선택과목이 되거나 아예 사라질지도 모르겠어. 그러면 우리는 어떤 말을 하고, 어떤 날을 기억하고 살아야 할까?

야스다　(멈춰 서서) 그래. 조선의 역사를 없애야 조선이 사라지지. 조선의 역사 과목을 정규과목에서 빼라고 총독부에 건의해야겠군.

　• 야스다가 크게 웃으며 나간다.

변 사 그렇게, 그렇게, 가람 선생과 조선어학회 회원들은 구치소와 감옥에서 모진 고문을 받으며 보내고 있었습니다. 아, 오늘도 묵직한 철문이 덜그럭 닫히는구나.

• 철문 닫히는 소리.

3장 〈창씨개명〉

• 대숲(감방). 가람이 쓸쓸하게 앉아 있다.

이병기 묵직한 철문이 덜그럭 닫히는구나. 매도 한두 번 맞다보니 시들하고, 이러고저러고 그날그날 겪고나니 무섭던 지옥살이도 다반사가 되는구나. (편지를 꺼내서 읽으며) 아버지가 나를 염려해 당신도 불을 때지 않고 지내신다고 하는데 팔순 노인이 북풍한설을 어찌 나실꼬. 아아, 실낱만치도 별은 아니 비쳐 드는구나.

• 마당(감나무 아래).
• 야스다가 종이 한 장(청원서)을 들고 들어온다.
• 이근무가 가람을 끌고 나와 의자에 앉힌다.

야스다 (청원서를 내밀며) 453번. 여기 손도장을 찍어라.
이병기 이것이 무엇이오?
야스다 (부드러운 목소리로) 창씨라도 해서 회개한다는 것을 보여줘야 할 것 아닌가.

이병기 창씨?

야스다 오호라, 너는 조선 독립운동을 하는 사람이니까 창씨는 하고 싶지 않은 거지? 헌데, 이를 어쩌지? 너와 함께 들어온 조선어학회 놈들은 창씨를 하고 있는데.

이병기 다들 어쩔 수 없이 한 것임을 어찌 모르겠소.

야스다 어쩔 수 없이?

이병기 매에 장사가 있겠소.

이근무 밖에서는 어찌어찌 창씨를 하지 않고 버텼을지 몰라도 여기에서는 별수 없다.

이병기 (이근무가 강제로 지장을 찍으려고 하면) 나는 못 하오. 절대 못 하오.

이근무 형편없는 불령선인 같으니. 대일본 천황 폐하의 은혜로 창씨를 할 수 있게 됐는데, 대체 무얼 따지자는 것인가?

이병기 내가 창씨를 하고 나면, 늙은 아비의 얼굴을 어찌 보라고 그러시오.

이근무 어찌 보다니? 네 아비도 천황 폐하의 은혜를 입을 것인데.

이병기 팔순 노인의 생이 얼마나 남았겠소?

야스다 그러니 더 급하지 않은가?

이근무 여기서 죽고 싶은가? 여기서 죽으면 네 부모와 처자를 다시는 만날 수 없다.

이병기 죽고 사는 문제가 내 맘대로 되오?

이근무 창씨를 안 하면 배겨날 도리가 없다.

야스다 네 자식도 학교에 다닐 수 없지.

이병기 무슨 말이오?

이근무   창씨를 하지 않는 자는 대일본제국의 신민이 아니거든. 신민이 아닌 자가 어떻게 천황 폐하께서 세우신 학교에 다닐 수가 있겠나? 자격도 권리도 없는 것이다.

이병기   이미 다니고 있는 학교를 어쩌라고?

이근무   퇴학시키는 것이 마땅하지. 게다가 그 학생은 더는 학생이 될 수도 없을 것이다. 창씨를 하지 않아서 쫓겨난 학생은 전학도, 진학도 할 수 없다. 물론 일체의 공직도 나설 수 없지.

야스다   창씨를 하지 않으면 평생 폐인으로 살아야 한다는 말과 같다.

이근무   세상이 어찌 돌아가는지 알려줄까? 선생에게는 그 반 학생의 창씨를 책임 지워 성적을 매기지. 동장, 면장에게는 주민들의 창씨를 책임 지워 승진시키고. 부청과 면사무소에서는 창씨를 하지 않은 자에게 아무런 증명서도 떼어주지 않는다. 지방의 유력자들도 창씨를 하지 않았으면 그 아들을 전쟁터로 보냈다.

이병기   아! 이름도 뒤바뀐 채 타국에서 죽어갈 조선의 청년들이 나는 너무 가엾소.

이근무   천황의 군대이다.

이병기   전쟁에 끌려가서 전사하더라도 조선 이름이 알려지면 조선 민족까지 징병하고 있다는 것이 알려지니까, 그걸 막으려고 하는 수작을 어찌 모르겠소.

이근무   너도 결국 창씨를 할 것이다.

이병기   차라리 이렇게 합시다. 나는 살아서는 창씨를 할 수 없으니, 우선 나를 죽이시오. 내가 죽은 후에 창씨를 시키고, 공포하면 될 것 아니오.

야스다 뜨거운 불화로를 들고 있어 봐야 지장을 찍을 것인가?

이병기 그럽시다. 그것을 나에게 주시오. 불화로에 손바닥을 얹고 내 지문을 모두 지우면 손도장을 찍어봐야 별수 없을 것이니.

야스다 독한 놈. 끝내 창씨를 하지 않고는 배길 수 없을 거야.

· 고문이 다시 시작된다.

이근무 내가 어떻게든 네놈 창씨를 시키고 말 것이다.

· 잠시 고문이 멈춘 사이.

이병기 아아, 슬프단 말 차라리 말을 마라. 물도 아니고 돌도 또한 아닌 몸이, 웃음을 잊어버리고 눈물마저 모르겠다. 이럴 적에 대성통곡이라도 했으면… 온몸에서 끓는 피가 쏟아져 나오리라. 이 세상이 원수로구나.

· 가람이 정신을 잃고 쓰러진다.
· 야스다와 이근무가 서류에 이병기의 지장을 찍는다.
· 철문 여닫는 소리.

4장 〈예심 종결의 결정서〉

· 대숲(감방). 쓰러져 있는 가람에게 햇살이 비쳐 든다.

- 〈별〉이 작게 들린다.
- 가람이 조금씩 기운을 회복한다.

이병기   (한 손바닥에, 양 손바닥에 햇살을 올리고) 볕이 든다. 창살을 지나 나에게로 볕이 든다. 하루를 보내기 한해도곤 더디더니 어느덧 가을이 되었구나. (주머니에서 편지를 꺼내서 보고) 세상 모든 일이 저절로 잊히고 죽지 못하여 하찮이 남은 목숨 어찌하나.

- 마당(감나무 아래)에 야스다와 이근무가 들어온다.
- 이근무가 〈예심 종결의 결정서〉(함흥지방재판소)가 담긴 문서철을 들고 있다.

야스다   어리석은 놈들. 네놈들은 치안유지법 제1조에 걸렸다. 내란죄야, 내란죄.

이근무   사형이겠죠?

야스다   십중팔구는 사형이요, 잘해야 종신형이지. 결국, 징역도 감지덕지할 것이다.

이근무   (야스다에게 문서철을 주며) 결정서를 살펴보시죠.

- 야스다가 문서를 살피는 사이에 이근무가 가람을 끌고 온다.

이병기   예심 결정서가 나왔다고? 나도 구경이나 한번 해봅시다.

- 야스다가 이근무에게 결정서를 준다.

이근무 잘 들어라. (문서를 읽으며) '소위 어문운동은 민족 고유의 어
문 정리·통일·보급을 도모하는 하나의 문화적 민족운동
이며, 민족 독립운동이다.'

야스다 그렇지. 이자들의 행위는 분명한 독립운동이야.

이병기 그렇지. 참 좋은 문장이오. 우리는 우리의 일이 조선의 독
립에 일조하고 있음까지는 알지 못했건만, 오히려 선생들
이 우리에게 힘을 주는구려.

• 야스다의 표정이 갈수록 좋지 않다.

이근무 (문서를 읽으며) '그러므로 민족 고유의 어문 소장은 그것이
곧 민족 자체의 소장에 관한 것이므로, 약소민족은 필사의
노력으로 그것을 유지·보전하기에 힘쓰며, 아울러 그 발
전을 꾀하여 방언의 표준어화, 문자의 통일과 보급을 희구
하여 마지않는다.'

이병기 그 역시 참으로 옳은 말이오.

야스다 (종이를 뺏고) 쓸데없는 말이 많군.

이병기 다행인지 불행인지 조선인들 문맹률이 90%에 육박하고
학교에 다니는 이들의 숫자도 적으니, 우리는 여전히 조선
어를 일상어로 사용하고 있지.

야스다 (문서를 살피다가) '그리하여 본건 조선어학회는, 어문운동의
방법을 취해 겉으로는 문화운동의 가면을 쓰고 조선 독립
을 목적한 실력 배양 단체로서 본건이 검거되기까지 10여
년 넘게 조선의 어문운동을 전개했으니, 종시일관 조선 독
립을 위한, 실력을 위한 신장(伸長)의 수단을 다했다.' 이것

이 바로 네놈들이 독립운동단체가 맞는다는 이야기다. (문서를 넘기면서) 젠장! 이건 뭐야? 반일민족주의 사상의 불온 세력에게 왜? 왜? 왜?

- 야스다가 문서철을 내팽개친다.

이근무　무슨 일이십니까?

- 야스다가 분한 표정으로 전화를 건다. 전화하며 고개를 끄덕이고 표정이 점점 밝아진다.

야스다　(가람을 한동안 바라보다가) 453번 이병기. 기소유예. 출소.
이근무　예? 종신형이 아니라 출소라니요?

- 이근무가 문서철을 주워서 살핀다.

이병기　다른 사람들도 나가는 거요?
야스다　아니. 당신과 몇 명만 석방이다. 다른 놈들은 더 혹독한 형 집행이 있을 것이다.
이병기　몸만 출소고 마음은 출소가 아니구려.
야스다　그대는 나가서도 조선말을 가르치는 일을 하지 마라.
이병기　나는 우선 당장 배워서 생활에 활용할 수 있는 지식을 알려주는 것뿐이오. 세금고지서나 달력 읽기, 경조사 봉투 쓰기, 그리고 내 이름, 내 가족 이름 쓰기 같은 것이오. 그것조차 하지 말란 말이오?

이근무 (격양된 어조로) 내가 너희들을 지켜볼 것이다. 조선어학회를 해산시키고, 사전 편찬도 중단시킬 것이다. 네놈들이 쓴 원고와 어휘 카드도 모두 압수해서 불에 태울 것이다.

이병기 (태연하게) 알아서 하시구려. 다시 만들면 되니.

이근무 (가람의 멱살을 잡으며) 이놈이 진정 나를 미치게 하는구나. 그것도 독립운동이라 하지 않았나!

야스다 앞으로는 독립운동이든 어떤 것이든 참여하지 말라. 독립을 당신 힘으로 할 수 있다고 생각하는가?

이병기 나 같은 인사가 뭘 알겠소만, 시대가 독립을 말한다면 사람들은 따라 할 수밖에 없는 것 아니겠소.

야스다 (종이 한 장을 꺼내 보여주며) 그대 말이 옳다.

이병기 (종이에 적힌 내용을 확인하고) 이것이 시요, 망나니의 말이오? (종이의 글자를 손가락으로 가리키며) 여기에 있는 것이 내 이름이오?

야스다 시대가 시키면 사람은 따를 수밖에. 나 역시 마찬가지. (위를 가리키며) 시키면 따를 수밖에.

• 가람은 눈을 지그시 감고 깊은 절망에 빠진다.

• 징 소리.

3막 〈난초〉

• 툇마루에 변사가 있다.

변 사 여러분 그거 아십니까? 가람 선생님은 조선어학회사건으로 붙들려 가실 때도 아이들 잘 보살피라는 말씀은 없었답니다. 다만, 난초를 잘 돌보라는 말씀뿐이셨다고 합니다.

• 방문이 열리면 가람이 방에서 난을 닦고 있다.

변 사 (가람을 보며) 선생님, 난이 그리 좋으십니까?

이병기 난은 정신을 기르지 않소.

변 사 책도 좋아하지 않으십니까?

이병기 책도 좋지. 휘문고보 교사로 있으면서 모은 고서적이 수천 권이었는데, 월급의 반은 책을 사는 데 썼고, 어떤 때는 일 년 봉급을 다 털어서 책 한 권을 사기도 했소.

변 사 사모님이 안 좋아하셨을 것 같은데요?

이병기 처자들에겐 반반한 치마 한 벌, 과일 한 톨 사줄 수 없었지만, 그래도 쫓겨나진 않았어.

변 사 저 책들은 한문이 많아서 주셔도 읽을 자신이 없지만, 난은 좀 키울 수 있을 것 같은데요.

이병기 난초가 많을 때는 20여 종, 30여 분(盆)이나 키웠는데, 이 걸 달라는 사람이 많았지. 그때마다 나는 분명 주었지만, 결국에는 기르는 사람이 없다오. …. 난을 기르는 것은 깨 달음을 얻는 것과 같소. 그걸 오도(悟道)라고 하는데, 그 이 후에야 난과 함께할 수 있답니다.

• 가람이 마당으로 간다. 만발한 황국을 딴다.

변 사 그때 그 경찰들 생각나지 않으십니까?

이병기 내 몸 안과 밖에 흔적이 많으니 어찌 잊을 수 있겠소?

변 사 지금이라도 찾아가서 귀싸대기라도 한 대 때리시지요.

이병기 듣자 하니, 그놈들이 해방 후에 월남해서 경찰과 검찰의 고관을 지냈다고 하더구면.

변 사 친일파 청산을 못 해서.

이병기 자라에 놀란 놈, 솥뚜껑 보고 놀란다는 말이 그거 아닐까?

변 사 그건 또 무슨 말씀이신지요?

이병기 해방되었거나 안 되었거나 그놈이 그놈이니까. 순사건 검 사건 판사건 정치꾼이건 협잡꾼 모리배건 모두 같으니 보 고 놀라고, 다시 보고 놀랄 수밖에.

• 가람이 방으로 돌아와 국화를 술잔에 띄운다.

이병기 (혼잣말로) 어떤 변명으로도 대신할 수 없는 잘못이 있지. …. 이보시오, 날 너무 치켜세우지 마시오. 나는 그저 흔들 리고 넘어지는 평범한 사내였으니.

변 사   무슨 겸양의 말씀을…. 선생님, 연세도 있으신데, 술 좀 자
          제하시지요. 밥을 드셔야 할 텐데.

이병기   영양가야 밥보다는 술이지. 이게 곡즙 아닌가? (술잔을 들고)
          새소리에 날이 밝고, 담담히 잔을 기울이면 하루해가 간다.

변 사   선생님, 세상 사는 낙이 무엇일까요?

이병기   봄가을의 꽃과 새소리를 음미하고, 한잔 술에 적막을 달래
          며 말없이 흐르는 세월을 지켜보는 것이 내 낙이오이다.

변 사   강이 되고, 호수가 되고 싶으십니까?

이병기   내가 좋아하는 강과 호수처럼 그와 같은 몸이 되었으면
          합니다. 항상 그침이 없이 나아가는 가람, 나는 늘 그런
          가람을 꿈꿉니다. 늙은이가 말이 너무 많았구려. 노래나
          해볼까?

· 가람이 〈별〉을 흥얼거린다.

변 사   모두 힘겹던 일제강점기. 가람 선생님은 그 누구보다 강한
          의지로 우리의 말과 글을 지키고 확산시키는 일에 매진하
          셨습니다. 오늘 함께하신 모든 분도 가람 선생님처럼 아름
          다운 꿈을 꾸시기 바랍니다.

· 다시 반복되는 〈별〉. 노랫소리 커지고.

아! 다시 살아…

이세종과 전주의 5·18민주화운동

「아! 다시 살아…」를 읽기 전에

• 5·18민주화운동의 최초 희생자인 이세종 열사

민주주의의 꽃을 피우기 위해 노력하고 희생했던 여린 목숨은 1980년 민주항쟁으로 이어진다. 1980년 5월의 첫 희생자는 전북대학교 농학과 2학년 이세종(1959~1980) 열사이다. 밤샘 농성을 하는 선배들을 돕기 위해 유인물 배포 활동을 하고 돌아온 이세종은 5월 18일 새벽 1시 전북대학교 교정으로 진입한 계엄군에 쫓기다 학생관 옥상에서 의문의 추락사를 당한다. 그는 이미 착검한 총의 개머리판에 두개골이 골절된 뒤였다.

전북대학교에 "다시 살아 하늘을 보고 싶다"라는 문장이 새겨진 '이세종 열사 추모비'가 있으며, 그곳 광장에 그의 이름을 붙였다. 강물처럼 흘러온 부침의 세월. 교사·목수·목사·공학박사·시의원·국회의원 등 저마다 다른 길을 걸어온 동료들은 매년 5월 슬프도록 눈부신 오월의 하늘에 잠든 열사를 만나기 위해 이세종광장을 찾는다.

5·18민주화운동은 특정 지역만의 운동이 아니다. 군부독재의 억압에 맞서 자유와 민주주의를 쟁취하고자 했던 대한민국의 민주

화운동이다. 1980년 5월, 역사의 소용돌이에 이 땅의 청년들은 자신도 인지하지 못할 사명감에 현실로 뛰어들었고 기어이 상처를 입었다. 원광대·전북대·전주대 학생들이 앞장선 5월 4일 시위는 전국에서 가장 먼저 시작된 운동이며, 전주신흥고 학생들이 주축이 된 5·27 시위는 고교생들이 스스로, 집단으로 시위를 준비하고 분연히 일어선 전국 최초이자 유일한 시위였다.

이세종 열사와 전북의 5·18민주화운동에 관한 관심이 생긴 것은 2008년 봄, 5·18구속부상자회전북지부에서 『1980년 5월 전라북도 운동사 구술사료집』 제작을 의뢰받으면서부터다.

한 인물의 개인적인 기록의 의미를 넘어 전라북도 민주화 과정에서 반드시 기억되어야 할 다양한 인물과 사건, 건물과 사적들까지 되살려 기록하고 역사적 유산으로 보존하는 중요한 작업이었다. 희미한 기억을 떠올려 정리하고, 기억조차 가물가물한 사람들과 현장을 찾아 당시를 재현하며 민주화운동 과정을 기술하는 일은 지난했지만, 그 내용을 확산시키는 일은 지역사회의 뿌리를 찾는 소중한 작업이기에 소홀히 할 수 없었다.

5·18민주화운동의 최초 희생자인 이세종 열사를 비롯해 당시 희생당한 학생들을 추모하고 위로하는 상징물이 전북대학교에 있고, 매년 5월 기념식이 열린다. 그렇지만 '민주화의 성지'라 일컬어지는 광주에 가려 전북의 운동사는 그다지 중요하게 다뤄지지 못했다. 정치·경제를 비롯한 모든 것의 중심으로 인정되는 서울이나 5·18 광주의 민주화운동은 분명 대한민국 민주화운동의 큰 흐름을 차지하지만, 우리의 민주화운동사는 각 지역의 운동과 부문 운동이 모두 포함되어야 비로소 완성될 수 있다. 실뿌리처럼 미약한 사건들의 파편을 기억하고, 실타래처럼 엉킨 수많은 잔뿌리 같은

역사적 상황을 정리하면서 거대한 원뿌리에 도달해야 한다.

전북 청년들의 이야기는 다른 이들에게는 자칫 뻔한 무용담으로 비칠 수도 있다. 5·18광주민중항쟁이라는 거대한 항쟁의 현장과 역사적 비극이 있었기에 더욱 그럴 수 있다. 한 시대를 치열하게 살아왔던 사람들의 이야기가 하나의 곁가지라거나 미미한 움직임으로만 치부되고 말아야 할까? 다른 사람들뿐 아니라, 그 현장의 주인공들도 이젠 기억을 되살리기가 힘겨울 정도다.

이대로 더 세월이 지나면 아마 사람들 대부분의 기억에서 멀어지고, 역사의 현장들이 아예 잊힐지도 모른다. 그러나 이들의 피땀이 쌓아 올린 결실, 그들이 입은 상처는 오늘도 여전히 존재한다. 이들의 삶은 결코 자신만의 삶이 아니었다.

구술채록사업은 2008년 4월부터 10월까지 진행되었으며, 양세나·정성혜·최정학 등이 취재와 자료조사를 함께 했다. 문화제의 총연출은 연출가 정진권이 맡았다.

• 「아! 다시 살아…」를 싣는 이유는

희곡 「아! 다시 살아…」는 2007년 이세종 열사와 전북의 5·18 민주화운동을 기억하고 기념하기 위한 문화제 '아! 이세종, 비사벌의 꽃이여! 넋이여!'의 무대에 올린 추모극의 대본이다.

전북도청 야외공연장에서 열린 이 공연은 시민과 함께하는 문화제를 표방해 더 많은 청소년에게 1980년 전주의 5월 17일·18일을 알리기 위해 영상물 상영과 인디밴드 공연을 앞세웠다. 하지만, 대본을 쓸 때는 록 공연과 영상이 족쇄가 돼 완전한 희곡의 형식을 갖추기보다 영상물 제작을 위한 구성안이나 역할극·상황극 정도의 수준이 될 수밖에 없었다. 그래도 이세종과 전주의 5·18민주화운동을 소재로 한 대본은 이것이 유일해 몇몇 교사의 요청으로 대본을 공유했고, 교사들은 중·고교에서 간단하게 무대극을 올리거나 낭독 작품으로 활용했다. 무대에 올리기에는 부족함이 많은 작품이지만, 희곡집에 이 작품을 넣은 이유는 이 때문이다.

희곡의 인물과 언어는 실체를 명확하게 담지 못하고 겉핥기에 불과하다. 하지만, 경험자들이 말하는 진실 혹은 사실만이라도 들려주는 것이 시급하다는 생각이 들었다. 불안한 출발이지만, 이러한 시도를 시작으로 훗날 더 깊고 너른 내공을 가진 작가가 적확한 서사로 작품을 다시 쓸 것이라고 믿는다.

- **때·곳**
  - 1980년 5월 17일·18일, 전북대학교 학생관

- **등장인물**
  - 이세종, 김인숙, 오민주, 남학생1·2·3·4·5, 여학생1·2·3
  지휘관, 계엄군1·2·3·4

- **무대**
  - 극의 공간은 학생관 로비와 옥상, 학생관 앞마당이다. 로
  비에는 등사실과 남녀 화장실, 옥상으로 올라가는 계단이
  있다. 계단을 오르면 옥상이다. 옥상은 이세종이 군인들과
  사건이 있던 곳이다. 이세종이 떨어지는 모습은 그림자 형
  태로 연출되어도 좋다.

- **구성**
  - 1막 〈잊힌 계절〉
  - 2막 〈흔들리지 않게〉
       1장 〈불철주야〉
       2장 〈토끼몰이〉
       3장 〈의문의 죽음〉
  - 3막 〈민주의 불꽃〉

1막 〈잊힌 계절〉

- 민중가요 〈흔들리지 않게〉의 후렴구가 들리다가 점점 작아진다.
- 책상에서 글을 쓰고 있는 김인숙.
- 고등학생 오민주가 짜증을 내며 나온다.

오민주 엄마, 엄마! 이세종이라고 알아?

김인숙 이세종? 왜?

오민주 오늘 □□공연장에서 ○○○ 오빠들 공연 있는데, 공연 전에 이세종인가 뭔가부터 한대. 아, 재수 없어.

김인숙 왜 재수가 없어?

오민주 몰라. 그냥 짜증 나.

김인숙 (일어나서) 민주야, 너 5·18민주화운동이라고 들어봤지?

오민주 5·18? 아마도. 근데 왜?

김인숙 이세종 열사는 그때 돌아가신 분이야. 그런 분 이름을 함부로 말하면 안 되지.

오민주 5·18이 나랑 무슨 상관? 그리고 그건 광주에서 일어난 거잖아.

김인숙 광주에서 가장 많은 분의 희생이 있었지. 5·18은 광주뿐 아니라 대한민국 곳곳에서 일어났단다.

오민주 전주도?

김인숙 전주에서도 아주 무서운 일이 있었지.

오민주 어디서?

김인숙 시내 곳곳. 대학생들이랑 시민들이 학교에서, 거리에서 시위했거든.

오민주 이세종은 뭔데?

김인숙 이세종 열사는 전북대학교 2학년 학생이었거든. 민주화 운동을 하다가 한창 꽃을 피울 나이에 세상을 떠나신 분이야.

오민주 그 사람은 그냥 위인이잖아. 위인.

김인숙 위인이기도 하지만, 그보다는 평범한 학생이고, 우리 곁에 있던 시민이라는 표현이 더 맞지. 차분하고 참으로 맑았던 분이라고 들었어.

오민주 누구한테?

김인숙 길 건너 〈평등한반찬가게〉 알지?

오민주 엄청 고마운 곳이지. 엄마 대신 우리 가족의 건강을 책임져 주시는 분이잖아.

김인숙 거기 사장님이 이세종 열사의 친구였대.

오민주 빨간 장갑 할머니가? 할머니도 데모하고 그런 거야? 할머니가 데모라니!

김인숙 할머니도 너처럼 젊은 시절이 있었다고.

오민주 잘 어울리는 것 같아.

김인숙 데모하는 데 어울리고 말고가 어디 있니?

오민주 엄마, 오늘 평소랑 너무 다른데? 우리 엄마 맞아?

김인숙 사실은 최 PD 아저씨가 이세종 열사 소재로 다큐멘터리 찍자고 해서.

오민주 아하! 우리 어머니께서 다큐멘터리 대본 쓰시려고 공부 좀 하셨다 이거지요? 아무리 그래도 나는 ○○○ 오빠들 공연부터 보고 싶어.

김인숙 민주야, 네가 지금 마음껏 이야기하고, 공부하고, 누군가를 좋아할 수 있는 건 처음부터 그냥 주어진 게 아니야.

오민주 몰라. (눈치를 보다가) 그럼 뭔데?

김인숙 오래전부터 자신의 인생을 던지고 저항해 온 수많은 사람의 한숨과 두려움과 가족들의 눈물이 만든 선물이지.

오민주 엄마 말은 늘 재미가 없어.

김인숙 오민주, 그래도 너는 이름값을 해야 하지 않니?

오민주 엄마, 나랑 같은 이름이 얼마나 많은 줄 알아?

김인숙 대한민국 국민의 민주화에 대한 열망이 그만큼 크다는 거겠지.

오민주 하긴. 사회주의나 공산주의보다는 민주주의가 훨씬 낫네. 오, 사회! 오, 공산! (휴대전화를 받으며) 야, 마자유! 너 왜 이제 전화해? 지금 어디야? 평화광장? 거기서 딱, 기다려.

- 오민주가 나가면, 김인숙이 민주의 뒷모습을 지켜본다.

김인숙 그래. 너희 세대까지 열사나 민주항쟁이라는 슬픈 단어를 물려주고 싶진 않다.

- 군홧발 소리와 학생들의 함성이 교차하며 들린다.
- 김인숙이 책상에 앉는다. 민중가요 〈흔들리지 않게〉가 작게 들린다.

김인숙 (글을 쓰면서) 1980년 5월의 전주는 잊힌 계절일까? 5·18 민주화운동을 기억하는 사람들도 그날 전주에서 무슨 일이 있었는지 알려고 하지 않는다. 몸소 그 현장에 있었던 이들마저도 이제 기억이 가물가물하다. 깊은 수렁 같던 그 시간에 우리의 친구가, 이웃이 있었다.

• 차츰 어두워진다.

2막 〈흔들리지 않게〉

1장 〈불철주야〉

- 농성장(전북대학교 학생관 내).
- 남학생1·2·3, 여학생1·2·3·4가 있다. 여학생3은 빨간 목장갑을 끼고 있다.
- 남학생1이 전화기를 붙들고 있다. 모두 말없이 남학생1에 주목한다.

남학생1 고려대 학생회죠? (…) 비상계엄이 확대되었다고? (고개를 끄덕이다 수화기로 바닥을 치며) 이런 젠장. 고려대 학생들도 모두 잡혀갔대. 다른 지역 대학들도 연락해 봐.

- 남학생2가 이곳저곳으로 전화하며 분개하고 체념하며 고개를 숙인다. 남학생2를 향했던 눈길들도 시나브로 흩어진다.

남학생2 다시 생각해 봐.

남학생1 뭘 다시 생각해?

남학생2 더 멀리, 더 깊이 생각하라고. …. 학교를 포기하자. 우리는 시민을 만나야 해.

남학생1 시민? 만나서 뭐 하려고?

남학생2 설득해야지.

남학생1 침묵하고 바라만 보는 시민을?

남학생2 시국을 지켜보는 것과 나서서 행동하는 것은 백지 한 장 차이야.

여학생1 맞아. 비록 행동에 나서지 않더라도 민주화에 대한 소망은 모두 같을 거야.

여학생2 시청 앞과 오거리에서 시민들과 약속했잖아. 매일 가두시위에 나서겠다고.

남학생1 그게 뭐 어쨌다고?

여학생2 우리가 다 잡혀가면 누가 거리에 설 건데?

남학생1 그래도… 계엄군에게 학교를 빼앗길 수는 없어.

남학생3 아! 학교를 지키며 싸울 것인가, 아니면 박차고 나가서 시민을 만날 것인가, 이것이 문제로다.

여학생1 이 상황에서 농담이 나오니?

남학생3 세상 돌아가는 꼴이나 우리 꼴이나 온통 코미디잖아요.

여학생1 시답잖은 소리 말고 등사실 가서 철필이나 긁어.

남학생1 죽자, 죽어. 그냥 여기서 다 같이 죽자고.

남학생4 (들어오며) 죽긴 왜 죽어?

  • 모두 "선배!", "선배님!", "형!" 부르며 반긴다.

남학생4 이렇게 하자. 수배 떨어진 사람은 학교를 빠져나가는 거로.

여학생2 말도 안 돼요.

남학생4 수배 중인 사람이 가장 위험하잖아.

여학생2 학교는요?

남학생4 (남학생2를 보며) 학교는 나와 후배들이 맡는다.

여학생2 저희만 빠져나갈 수는 없어요.

남학생4 (여학생2를 보며) 언제 어디서 모여야 하는지 알지?

여학생2 그래도….

　• 이세종과 남학생5가 들어온다.

남학생4 여긴 걱정 없다. 저기 전사들도 오잖아.

이세종 유인물 배포 완료했습니다.

남학생5 아, 배고파! 남은 밥 좀 있어요?

　• 학생들이 이세종과 남학생5의 어깨를 다독여 준다.

남학생5 뭐야? 이 분위기? 뭔가 심상찮은데.

여학생3 최소한 밥 타령 할 시간은 아니지. (귓속말로) 좀 있다가 챙겨줄게.

남학생4 (남학생2와 여학생2를 보며) 너희 어깨가 무겁다. (여학생1을 보며) 집행부에서는 한 사람만 대표로 남았으면 좋겠는데.

여학생1 제가 남을게요. 그런데 선배님은 어쩌시려고요?

남학생4 난 더는 갈 곳이 없다.

다같이 그래도 안 돼요.

남학생4 쫓겨 다닌 지 10개월째야. 내 말대로 해. 서둘러.

　• 남학생2·여학생2가 선후배들의 응원을 받고 빠져나간다. 아쉬운 듯 자꾸 고개를 돌린다.

남학생4   우리도 대비해야지. 남자들은 1층 가서 책상으로 바리케이드 치고, 여자들은 대자보 마무리하고, 유인물 등사도 끝내고. 정문과 옥상으로 갈 사람도 필요한데….

이세종   제가 옥상으로 가서 망을 볼게요.

남학생5   저도 같이 갈게요.

- 이세종과 남학생5는 여학생3이 몰래 챙겨주는 주먹밥을 들고 옥상으로 올라간다.
- 남학생1·3·4는 바리케이드를 치러 나간다.
- 여학생1·3·4는 대자보를 쓰고 등사를 한다.
- 커다란 괘종시계가 밤 10시를 알린다.

여학생3   좀 따분하지? (녹음기와 카세트테이프를 흔들며) 우리 내일 쓸 노래 녹음하자.

남학생3   노래? 좋지.

- 남학생1·3, 여학생1·3·4가 모인다. 민중가요 〈흔들리지 않게〉를 부른다. 시작할 때의 의욕과 달리 조금은 힘이 없고 슬프다.
- 남학생3과 여학생3이 목청껏 불러보지만 좀처럼 흥이 나지 않는다.

○민중가요 〈흔들리지 않게〉 시작 부분

   (다같이)   와서 모여 함께 하나가 되자 / 와서 모여 함께 하나가 되자 / 물가 심어진 나무같이 흔들리지 않게 / 흔들리지 흔들리지 않게 흔들리지 흔들리지 않게 / 물가 심어진 나무같이 흔들리지 않게 //

흔들리지 않게 우리 단결해 / 흔들리지 않게 우리 단결해 / 물가 심어진 나무같이 흔들리지 않게 / 흔들리지 흔들리지 않게 흔들리지 흔들리지 않게 / 물가 심어진 나무같이 흔들리지 않게

• 노랫소리에 맞춰 이세종과 남학생5가 어깨를 들썩이며 내려온다.

남학생5　제대로 좀 불러요. 옆 사람 소리도 듣고.

이세종　이 노래는 2부 합창으로 불러야 재미있는데.

남학생5　(남학생4를 보고) 선배님도 동참하시죠?

• 이세종과 남학생4·5가 합세해 이부합창으로 부르며 이들은 잠시 즐거운 한때를 보낸다. 웃음소리도 크다.

○민중가요 〈흔들리지 않게〉 뒷부분

(다같이)　평화 올 때까지 평화 외쳐라 / 평화 올 때까지 평화 외쳐라 / 물가 심어진 나무같이 흔들리지 않게 / 통일 올 때까지 통일 외쳐라 / 통일 올 때까지 통일 외쳐라 / 물가 심어진 나무같이 흔들리지 않게 // 흔들리지 흔들리지 않게 흔들리지 흔들리지 않게 / 물가 심어진 나무같이 흔들리지 않게 // 흔들리지 흔들리지 않게 흔들리지 흔들리지 않게 / 물가 심어진 나무같이 흔들리지 않게

- 노래는 자연스럽게 구호로 바뀐다. 군사정권 타도를 외치는 이 구호는 다른 동지들에게도 이어지며, 모두의 투쟁 의지를 다진다.

남학생1 어용 교수 퇴진하고, 민주 교수 복직시켜라!

다같이 어용 교수 퇴진하고, 민주 교수 복직시켜라!

여학생1 연행 학생 석방하고, 유신 잔당 퇴진하라!

다같이 연행 학생 석방하고, 유신 잔당 퇴진하라!

남학생4 전두환 집권 결사반대! 전두환은 물러나라!

다같이 전두환 집권 결사반대! 전두환은 물러나라!

여학생3 학원 자율 지켜내자!

다같이 학원 자율 지켜내자! 계엄철폐, 전두환 퇴진. 계엄철폐, 전두환 퇴진.

- 노래와 구호가 끝나고, 잠시 정적이 흐른다.
- 여학생3이 훌쩍이기 시작한다.

남학생4 갑자기 울면 어떡해?

여학생1 군인들 안 오니까 걱정하지 마.

남학생4 무서워서 그래?

여학생3 무서워서 우는 거 아니에요. 그냥 눈물이 나요.

남학생1 너희는 수배된 것도 아니잖아. 별일 없을 거야.

- 남학생5와 이세종이 여학생3을 보며 훌쩍인다.

여학생1 눈물 보이면 우리가 지는 거야. (남학생5를 보며) 넌 또 왜 울어?

남학생5 (여학생3을 보며) 네가 우니까 나도 눈물이 나잖아.

여학생1 울지 말라니까. 군인이 온다고 무슨 일 있겠어?

남학생3 그럼요. 군인도 우리랑 같은 또래인데요.

남학생4 전두환은 여기가 전쟁터라고 생각할 거 같은데.

남학생3 (일어서서) 군인들아, 너희는 삼팔선을 지켜라. 학교는 학생들이 지키마.

여학생1 내 말이….

남학생3 우리 소주 마셔요.

남학생5 소주요? 좋은 생각입니다. 제가 사 올게요. 돈 주세요.

• 남학생5가 남학생3의 주머니에서 돈을 빼서 나간다.

남학생4 (여학생3을 보고) 내일 아침은 뭐야?

여학생3 (눈물을 닦으며) 아침이요? 글쎄요.

남학생4 솜씨 좋던데. 우리 어머니보다 백 배는 더 맛있어.

여학생3 다 같이 모여서 먹으니까 그렇죠. 새벽에 집에 가서 쌀이랑 김치 좀 가져와야겠어요. 벌써 다 떨어졌거든요.

남학생4 우리 동지들의 허기를 달래기 위해 불철주야 보급 투쟁에 앞장서시는 주방장 동지는 일찍 주무시지요.

여학생3 밥순이보다는 듣기 좋네요.

남학생4 혼자 가지 말고, 쓸 만한 머슴들 데리고 가셔.

여학생3 자취생들은 밥 공짜로 먹으려고 데모하는 거 같아요. 어찌그리 먹성이 좋은지.

남학생4 아마 그럴걸. 하하하. (이세종을 가리키며) 저 녀석이 특히 더 그렇지?

이세종 제가 좀 그렇죠. 하하하.

남학생3 오늘도 변소에서 자냐?

여학생3 거기가 제일 따뜻해요.

이세종 고생해라. 나는 옥상으로 가야겠다.

여학생3 너도 고생해.

- 이세종이 옥상으로 올라간다.
- 여학생1·3은 여자 화장실로 잠을 자러 가고, 남학생들도 나간다.
- 차츰 어두워진다.

2장 〈토끼몰이〉

- 농성장.
- 탱크 이동하는 소리, 트럭 도착하는 소리 등이 요란하다.
- 한쪽에 무전기를 든 계엄군 지휘관이 서 있다.

지휘관 (무전기에 대고) 계엄포고 10호. 17일 24시에 비상계엄을 전
국으로 확대한다. 학교 점령 시각, 전북은 새벽 1시 30분
이전, 전남은 새벽 2시 30분 이전에 완료한다.

- 트럭에서 군인들 내리는 소리. 군인들을 향한 지휘관의 욕설 등이 소
란하다.

지휘관   (무전기에 대고) 제7공수 31연대, 토끼몰이 시작한다.

- 남학생5가 종이봉투를 들고 허둥지둥 뛰어 들어온다.
- 이세종이 놀라서 계단을 내려온다. 여자 화장실과 등사실 등 곳곳의 문을 세차게 두드린다.

이세종   군인들이 오고 있어. 빨리 피해! 군인들이야. 어서 피해!

- 남학생1·3·4·5, 여학생1·3이 나와서 허둥댄다.
- 이세종이 계단으로 옥상에 올라간다.
- 일사불란한 군인들의 발소리와 거칠게 문 두드리는 소리, 문 여는 소리가 연이어 들린다.
- 무장한 계엄군들이 들어온다. 계엄군은 베레모를 비스듬히 쓰고, 착검한 상태로 총을 등 뒤로 메고, 손에는 진압봉을 들었다.

계엄군들   모두 잡아! 손들어! 엎드려! 손 머리 위로 올려!

- 계엄군은 학생들을 찾아내 닥치는 대로 후려치며 쓰러뜨리고 질질 끌며 한곳으로 모은다. 고함을 치며 학생들을 엎드리게 하고 군홧발로 짓밟고 몽둥이로 사납게 두들겨 팬다.

계엄군1   학생들이 공부는 안 하고 왜 정치 타령이야!

계엄군2   이 새끼들은 분명히 빨갱이들이야. 이년들은 빨갱이 새끼들에게 빌붙은 화냥년들이고. 뭐 해? 밟아!

계엄군3   네가 그 새끼 맞지? 수배 떨어진 놈. 이 빨갱이 새끼.

계엄군4　모두 끌고 가. 조금이라도 허튼짓하면 쏴 버려. 입 벌리는 놈도 모두 쏴 버려.

• 계단에서 이세종이 내려온다.

이세종　피, 피해. 군, 군인들이 더 많이 몰려와.

• 이세종이 놀라서 계단에 주저앉는다.

계엄군1　(이세종을 보고) 저기 빨갱이가 하나 더 있다!
계엄군2　저 새끼 잡아. 빨갱이 새끼!

• 계엄군1·2가 앞에총 자세로 착검한 총을 앞세워 계단을 밀고 올라온다. 이세종이 계엄군1·2에게 쫓겨 옥상으로 떠밀려 간다.
• 계엄군들이 다시 학생들을 무차별적으로 짓밟는다. 비명과 군홧발 소리로 뒤덮인다.
• 학생들이 아무 소리도 내지 못하고 이세종을 바라본다.
• 계엄군과 학생들의 동작이 멈춘다.

남학생1　생각하기 싫은 악몽이었습니다. 아무 생각도 할 수 없을 만큼 두려웠습니다.
여학생1　우리는 모두 짓이겨지고 피투성이가 된 채 무기력한 서로를 봐야 했습니다.
남학생3　무장한 군인들과 무장이 안 된 학생들의 대치는 무척 허무했습니다. 어둠처럼 짙고 막막한 녹음으로 둘러싼 군인들과 붉은 핏빛으로 물들어 가는 학생들.

여학생3　손끝 하나라도 움직이면 곤봉이 온몸으로 쏟아졌습니다. 말 한마디라도 하면 총의 방아쇠는 금방이라도 당겨질 것 같았습니다. 무서웠습니다.

다같이　나는, 우리는, 무서웠습니다. 그리고 우리의 친구 세종이….

• 어두워진다.

3장 〈의문의 죽음〉

• 옥상.

• 계엄군1·2와 이세종이 대치하고 있다. 서서히 다가가는 계엄군. 도망 치는 이세종을 붙잡아 무차별적으로 때린다. 잠시 폭력이 멈추고.

• 멀리 지휘관이 있다.

이세종　(겨우 일어서며 정신이 없는 상태에서) 피해. 군인들이 온다. 군인 들이 와.

• 이세종이 위태하게 한 발 두 발 걷는다.

• 계엄군1이 착검한 M16을 들고 서서히 다가간다.

계엄군1　이 독종 새끼가 뭐라는 거야?

계엄군2　우리 이야길 하는 것 같은데.

계엄군1　우리? 뭐라고? 우리가 지들 때문에 이 고생을 하고 있는데….

계엄군2 아무 말도 못 하게 대가리를 부숴버려.

계엄군1 (이세종 앞에 서며) 빨갱이 눈에는 세상이 다 빨갛지? 네 눈깔이 빨개서 그래. 주둥이도 빨갛고. 특히, 이 대가리가 빨갛지, 대가리가.

- 계엄군1이 M16 개머리판으로 이세종의 정수리를 내려친다.
- 충격으로 무릎을 꿇고 앉은 이세종. 멍하니 하늘을 본다.

계엄군1 너희 같은 놈들은 차라리 없는 게 나아.

- 이세종이 다시 일어서서 한 발 두 발 난간으로 간다. 난간에 기댄다. 다시 하늘을 본다.

계엄군2 이 빨갱이 새끼가 뭘 자꾸 보는 거야?

- 계엄군2가 다가와 이세종을 민다.
- 이세종이 무기력하게, 소리도 없이 동백꽃처럼 떨어진다.
- 계엄군1·2가 건물 아래로 떨어진 이세종을 확인하고, 웃기 시작한다.

지휘관 (무전기에 대고) 토끼 한 마리가 죽었다. 학생관 옥상에서 떨어졌다.

(E)이세종 아! 아! 살고 싶다. 아! 나는 다시 살아 하늘을 보고 싶다.

- 어두워진다.

3막 〈민주의 불꽃〉

- 농성장 앞.
- 학생들이 포승줄로 줄줄이 엮여 끌려간다. 계엄군의 폭력은 멈추지 않는다.
- 지휘관, 남학생2·여학생2, 김인숙이 각각의 공간에 있다.

지휘관   (무전기에 대고) 지금은 계엄 상황이다. 토끼는 한 마리가 아니라 수백 수천 마리가 죽어도 좋다.

- 끌려가던 학생들이 주저앉아 오열한다. 〈흔들리지 않게〉를 아주 느리고 슬프게 부른다.
- 멀리서 보던 남학생2와 여학생2.

남학생2   계엄군에게 무자비하게 찢기고 짓밟히면서 세종이는 무얼 생각했을까? 수배자라는 이유로 담을 넘어 도망갔던 나를 비웃었던 건 아닐까? 수배자가 아니면 괜찮을 거라고 달랬던 동지들을 원망하지는 않았을까? 나는, 우리는 그를 잊을까, 그가 잊힐까, 두렵다.

여학생2   나는, 우리는 더 부끄럽지 않기 위해 더 단단해지는 연습을 시작했다. 나는, 우리는 평생 그를 잊을 수 없다. 우리의 자화상이 되어버린 후배 이세종.

- 책상에 앉아 있는 김인숙. 민중가요 〈흔들리지 않게〉가 작게 들린다.

김인숙　5·18민주화운동의 최초 희생자인 이세종 열사는 이렇게 생을 마감했다. 피해자는 말할 수 없고 가해자는 나타나지 않는다. 그 죽음의 목격자는 옥상으로 그를 떠밀고 짓밟았을 계엄군뿐이다. 땅바닥에서 피범벅으로 발견된 이세종이 옥상에서 이미 숨을 다해 아래로 던져졌는지, 계엄군의 발표대로 난간에 매달려 있다가 떨어져 숨졌는지, 떨어져 신음하다가 병원에서 생을 다한 것인지, 어느 것도 분명치 않다. 적어도 그 현장의 계엄군이 나서서 고백하기 전에는….

지휘관　(무전기에 대고) 이세종은 옥상으로 달아나다가 떨어져 죽은 단순 추락사다. 사인은 두개골 골절 및 두개강 내 출혈. 이상 끝.

- 남학생2·여학생2가 학생들의 포승줄을 풀어준다.
- 학생들이 〈흔들리지 않게〉를 조금씩 힘차게 부른다.
- 계엄군이 곳곳으로 흩어진다.

남학생4　이세종은 평범한 학생, 평범한 시민이었다. 그는 학생운동의 선봉에 나서 민주화 투쟁을 이끌던 젊은 사상가도 아니었고, 유신정권에 대한 저항의 연장선에서 신군부를 압박하던 반정부 인사도 아니었다. 80년 민주화의 봄이라고 하

는 어수선한 계절을 대학에서 맞았거나 아직 학생 티를 벗
지 못했거나 하는 젊은이일 뿐이었다.

여학생1 우리의 민주화운동은 죽은 자의 결기가 산 자의 투쟁을 끊
임없이 이끌어왔다. 이세종 열사의 삶도 회피하지 않는 젊
은 삶을 보여준다.

남학생1 이세종은 죽은 지 18년 만인 1998년에서야 5·18 사망자
로 인정돼 명예를 회복했다. 그러나 우리는 여전히 그의
죽음에 대한 의문을 풀 수 없다.

여학생3 그의 죽음이 더는 의문으로 남아서는 안 된다. 죽음에 대
한 진상이 지금이라도 명확하게 밝혀져야 한다.

남학생5 이세종의 죽음이 사실 그대로 밝혀질 때 비로소 나는, 우
리는 친구의 빚을 갚는 것이다.

남학생3 단 하나 우리에게 소망이 있다면, 그것은 대한민국이 정정
당당하기를 바라는 것이다.

• 〈흔들리지 않게〉를 힘차게 부른다.
• 모든 출연진이 당시 활동하던 학생들의 이름을 "○○야~" 하고 부르
  며 한곳으로 모인다. 혹은 영상 자막 등을 활용해 이름을 알린다. "강
  익현, 강형근, 고영표, 권근립, 김가진, 김갑석, 김광수, 김권호, 김남
  규, 김동수, 김명희, 김병태, 김상수, 김성규, 김성숙, 김영호, 김완술,
  김운주, 김인수, 김중길, 김차순, 김해숙, 김형근, 김혜숙, 김환수, 김흥
  호, 김희수, 남궁춘, 노동길, 도병룡, 라경균, 문성주, 문장주, 문희선,
  박병하, 박성욱, 박영식, 박영화, 박종훈, 박창신, 박철영, 박철우, 배현
  식, 서성길, 성경환, 송병주, 송혜경, 심영배, 심재덕, 양상민, 양영두,
  양윤신, 양지해, 양진규, 오세현, 유관희, 유광석, 유동수, 유창훈, 유흥

렬, 윤성모, 은종성, 이강희, 이광철, 이명호, 이병욱, 이상보, 이상원, 이상철, 이상호, 이세종, 이송재, 이승희, 이완배, 이우봉, 이유숙, 이진상, 이천일, 이충래, 이형환, 이호, 이황호, 이효성, 이흥복, 이희섭, 임균수, 임일성, 장우섭, 전재민, 전희남, 정영원, 정해동, 조혜경, 진상회, 최낙창, 최만호, 최병렬, 최복례, 최순희, 최인규, 하연호, 한상렬, 허청일, 홍정숙, 황덕구, 황병태, 황세연, 황은자, 황호영"

김인숙   1980년 전주의 5월, 그날의 참혹한 상처는 우리 삶의 현장에, 우리 심장 깊이 아로새겨 있다. 비참하고 끔찍하고 잔인하고 무자비한 그날의 정체는 우리의 역사에, 모든 국민에게 기억되어야 한다. 백 년이 지나도, 천 년이 지나도 엄중하게 책임을 물어야 한다. 국가의 폭력은 어떤 경우에도 용납할 수 없는 범죄다.

• 한쪽에 이세종이 나온다.

이세종   나는 이세종입니다. 한반도의 쓰린 상처를 온몸으로 떠안고 서 있는 이 땅 민주의 넋, 민주의 불꽃입니다.
다같이   이 땅에서 민주라는 단어가 진정한 아름다움으로 살아나도록, 우리는 당신을 잊지 않을 것입니다.
이세종   어머니, 그날! 새날이 올 때까지 두 손에 횃불을 들고 도도히 흐르는 역사의 복판에서 우리는 불꽃으로 활활 타오릅니다.
다같이   산 자로 더는 부끄럽지 않도록, 우리는 당신을 잊지 않을 것입니다.

이세종　아! 아! 다시 살아 하늘을 보고 싶어요, 어머니! 어머니!

다같이　당신을 잊는 것은 우리 자신을 잊어버리는 것만큼이나 고통스러운 일이기에 우리는 결코 당신을 잊지 않을 것입니다. 우리는 그대가 자랑스럽습니다.

• 차츰 어두워진다.

최기우 희곡집 5

이름을 부르는 시간

초판 1쇄 인쇄일   2023년 9월 18일
초판 1쇄 발행일   2023년 9월 27일

지 은 이   최기우
만 든 이   이정옥
교   열   정혜인
만 든 곳   평민사
　　　　　서울시 은평구 수색로 340 〈202호〉
　　　　　전화 : 02) 375-8571
　　　　　팩스 : 02) 375-8573
　　　　　http://blog.naver.com/pyung1976
　　　　　이메일 pyung1976@naver.com
등록번호   25100-2015-000102호
　ISBN   978-89-7115-830-2   03800
정   가   14,000원

이 책은 (재)전라북도문화관광재단의 2023년 지역문화예술육성지원사업에 선정되었습니다.